リイシリ

悠木 龍一

ブックウェイ

リイシリ　目次

一．再会　5
二．北の町へ　33
三．利尻かるた　40
四．新生活　45
五．花言葉　60
六．長い冬　70
七．緋鮒《ひぶな》　76

八．春と夏と秋　88
九．春の便り　98
十．キタダケソウ　108
十一．中学　116
十二．遭難　126
十三．生還　134
十四．再び同窓会　140
十五．手紙　147
十六．リイシリ　152

一．再会

前略

札幌のホテルで同窓会の受付に座っていたあなたに再会した時が、時空を超える旅の始まりでした。

長い年月が跡形《あとかた》もなく消し去ったはずのことが甦《よみがえ》り、また化石のように残っていた思い出が、実は有様を変えていたことに気づき、鮮明になった過去は、喜びや驚き、寂しさや悔恨《かいこん》、色々な思いが混ざり合った時間をもたらしました。

これまで、同窓会の類《たぐい》に出たことがなかった僕には、殊《こと》の外《ほか》不思議な体験でした。

その余韻《よいん》は、今も水面に広がる波紋のように胸に残っています。

そのあとのことを少し報告します。

同窓会の翌日はひどい雨でしたね。

宴席でお話しした通り、利尻《りしり》へ向かったのですが、午後の飛行機出発までの時間、あなたと離れてしまった中二の冬に、あの町から転校した札幌の中学を訪ねました。

強い雨に傘を打たれながら、足元や荷物が濡れるのも厭《いと》わず、地下鉄の駅から五分ほど歩いたのですが、木造だった校舎は立派なコンクリート造りに建て替えられ、昔の面影は何もありませんでした。

親しかった友達の自宅にいってみると、彼は移り住むことなく、税理士事務所を開業していました。

前触れもない突然の訪問にもかかわらず、大変喜んでくれ、一時間ほど昔話やお互いの近況、同級生たちのその後の消息など話しました。

彼は、僕が中学二年の一月に転入したクラスにいて、最初に親しくなり、その後も僕が高二になる春に東京へ転校するまで、ずっと仲良くしていました。

こちらもまた、前日同様、懐《なつ》かしく楽しい時間でした。

彼の家が登下校の途中にあり、よく立ち寄っていたのですが、彼のお母さんも健在で覚えていてくれました。

その後、丘珠《おかだま》空港から利尻島へ一時間の飛行でした。

島には利尻町《りしりちょう》と利尻富士町《りしりふじちょう》の二つの町がありますが、当日は利尻富士町鴛泊《おしどまり》の民宿に泊まりました。

荷物を置き、宿の周りを三十分位歩いてみましたが、人影も車の往来もほんの僅《わず》かしかない、ひっそりとした集落でした。

港から続く海岸に突き出たペシ岬という、灯台の立つ小振りの岩山が印象的でした。

近くの浜から見ると、岬全体がまるでコケに覆《おお》われているように緑色に染まり、輝いていました。

終わりに近づいている夏の太陽が、岬だ

ペシ岬

けをスポットライトで照らしているように、強く光らせていました。

利尻は、昔は「リイシリ」と呼ばれていて、アイヌ語で「高い山のある島」という意味だそうです。

その高い山というのはもちろん、標高千七百二十一メートルの利尻山《りしりざん》です。

海岸線から始まる山麓から頂上まで滑らかな曲線でせり上がっているこの山は、豊かな森林や草原に多くの生物を育《はぐく》み、恵みを与えてくれる島民の拠《よ》りどころです。

また、四季折々に違った美しさをみせる山の姿は、礼文島《れぶんとう》や、稚内《わっかない》から留萌《るもい》にかけての沿岸から望むことができ、人々から愛されています。

そう、純白に冠雪した利尻山の写真は、北海道でベストセラーのお菓子の包装紙にも使われていますね。

「高くそびえ立つ。群を抜いてそびえる」を意味する聳《そばだ》つという言葉が相応《ふさわ》しい山です。

あなたは訪れたことはありますか？

僕は小六のときの五月か六月だったと思いますが、姉が高校の友達と礼文・利尻に行くというので、文字通り金魚の糞《ふん》のように、ついていったことがあります。何故か前の日に、急に行くことになったのですが、あまり親しい友達もおらず、普段は出不精《でぶしょう》な姉が、ずいぶん行きたがったことを覚えています。

前の年の秋に内地《ないち》から引っ越してきて、初めての長く厳しい冬がようやく終わり、暖かくなった季節を楽しみたかったのでしょう。

母が「女子高生二人では心配だから、ボディガードには役不足だけど、いないよりはいいから」と姉に言って、僕を連れて行かせたのです。

しかし、その時は礼文島には渡ったのですが、天候が荒れて、フェリーが止まるかもしれないので、利尻島には寄らずに帰ってしまいました。

ですから、利尻山の全容は眺められなかったように記憶しています。

それでも姉は、今でも、稚内から樺太《からふと》海峡を渡ったフェリーのことや、本州から来た観光客と話したことなどを鮮明に覚えていますから、数少ない楽しかった思い出なのでしょう。

姉は、五十歳前後から二回ほど大病を患《わずら》って苦労しましたが、今は元気です。

よく亡くならなかったなと思うぐらいの病だったのですが、不思議なくらい強い生命力なのです。

姉はもう、母が亡くなった齢を越えました。

一泊した鴛泊の語源は、アイヌ語の「ウシ・トマリ」という言葉で意味は「入り江の小さな港」だそうです。

鳥の鴛鴦《おしどり》と関係があるのかと思ったら、アイヌ語を漢字表記するのに字をあてただけのようで、仲の良い喩《たと》えに使われる「オシドリ夫婦」とは関係ないみたいです。

ちなみに本当の鴛鴦はそんなに夫婦の契《ちぎ》りが固いわけではなく、毎年パートナーを変えるらしいですよ。

海岸から宿に戻る緩やかな坂を上っていくと、利尻山が西日を隠しながら、山頂近くまで姿を現していました。

次第に角度を上げていく稜線《りょうせん》が、利尻富士と呼ばれるにふさわしいコニーデを作っています。

しかし、渡り鳥のように早く流れる雲が、その稜線に沢山かかり、山頂付近から次第に下の山麓まで隠すと、やがて夕闇が島を包んでいきました。

民宿には結構たくさんの客がいましたが、僕は一人で静かに眠り、翌朝五時から利尻山に登りました。

海岸から頂上まで、一気に歩いて登れる日本では珍しい山ですが、僕は標高二百メートル位の三合目にある鴛泊登山コースの登山口まで、民宿の車で送ってもらいました。

登り始めて十分も歩かないうちに、日本名水百選になっているという「甘露泉水《かんろせんすい》」に着きました。

ここだけではなく島全体いたるところで湧水《わきみず》があり、生活用水として使われているそうですが、その中でもここは、

「四季を通じて水温は約五・五度で変わらず、甘いと評判の名水中の名水で、一度飲むと、忘れられない味」

という具合に、宣伝してあります。確かに美味しいような気もしました。

しかしこの後、稚内からあの町に行き、加藤《かとう》君がつれて行ってくれた「不動尊《ふどうそん》の

霊水《れいすい》」を飲んだのですが、こちらの方がそれこそ甘美で美味しいと、感じたのは身《み》贔屓《ぴいき》でしょうか。

更に歩くと、登山道わきにあった低木の陰でごそごそっと音がして、鳥が二羽飛び去って行きました。姿はよく見えなかったのですが、オレンジ色の羽毛が見えたので、コマドリかもしれません。邪魔しちゃったかも。

コマドリは利尻富士町の「町の鳥」になっています。

囀《さえず》る声が「ヒンカラカラカラカラ……」と、おどろくほど力強く、馬のいななきに似ているところから駒鳥の名がついているそうです。

残念ながら鳴き声を聞くことはありませんでした。

今年は例年になく夏の晴天が長く続いたらしいのですが、なんと僕が到着した午後から崩れ始め、朝から雨模様でした。

二時間ほど登ると六合目の第一見晴台に着きましたが、その頃はもう大粒の雨になり、鴛泊の港が雲間にわずかに見え隠れする程度でした。

でももっと登れば、雲上に出るかもと期待して歩いて行きました。

登山口から同じころ出発した、やはり単独行の男性と何度か前後していましたが、この辺《あた》りからしばらく彼の後についていきました。

普段は途中で遭遇《そうぐう》した誰かと一緒に歩くことはしないのですが、悪天候でもうただ下を見て歩くだけになり、退屈なので同行しました。

青い上下のレインウエアを着た彼は、盛岡から前日来て、鶯泊港からポン山・姫《ひめ》沼《ぬま》コースを歩き、三合目の登山口にある北麓《ほくろく》野営《やえい》場《じょう》でテント泊したということでした。

ですから彼は海岸から山頂まで登ることになります。

五十歳前後くらいで、岩手県人らしく実直で謙虚な人でした。

やがて、千百二十メートルの第二見晴台、そして八合目の長官山《ちょうかんやま》に着きましたが、もう周りは真っ白で山頂は勿論《もちろん》見えず、灌木《かんぼく》と岩の崖《がけ》しか見えません。

ここからが大変、もう残りの距離はあまりないのですが、岩石が散乱し、火山礫《かざんれき》が細かく砕けて崩れ落ちているガレ場・ザレ場の連続で、滑らないように踏ん張って急坂を攀《よ》じ登っていきます。

エゾカワラナデシコ

何ヵ所か補助のロープが斜面に垂らしてあり、長いところでは三十〜四十メートルもあり、掴《つか》まりながら登ります。

先行者がロープの上まで登りきる間、後続者は待っていますから間隔が空き、時間がかかります。

巻道《まきみち》もなく稜線を直登していくので、ゆっくり呼吸を整えながら歩こうとしても、結構きついのですが、足を止めなければいつかは山頂に着きます。

八合目を過ぎた辺りから、僕は青のウェアの彼から少しずつ遅れ始め、時々後ろ姿が見えるぐらいでやっとついていきます。

九合目の道標《どうひょう》には「ここからが正念場《しょうねんば》」と書いてあります。

少し登ると避難小屋があるのですが、その手前にエゾカワラナデシコ（蝦夷河原撫子）が咲いていました。

リシリブシ

薄紅色《うすべにいろ》の一重《ひとえ》の五弁花《ごべんか》で、先が糸状に分かれ、繊細な美しさです。

「撫子」の名の由来は、可愛い撫でたくなるような子どものような花、たしかに花言葉のように「可憐《かれん》」に咲いています。

見とれると荒天を忘れます。

トリカブトのようなリシリブシも咲いていました。

茎が分かれずに直立し、高さはナデシコよりちょっと大きく六十センチ位、花が天辺《てっぺん》に密集して頭でっかちなので、強い風によく倒れないなと心配。

漢字は「利尻附子」で、利尻島で見つかったからだそうです。附子は、トリカブトの根のことで、リシリブシアルカロイドという猛毒を持っています。

トリカブトには忘れられないことがあります。

実は昔、仕事で、生命保険金詐取目的でこの毒を使って奥さんを殺した事件に対応したことがありました。

容疑者は最高裁で有罪となり無期懲役で服役し、獄中で病死しましたが、大変巧妙で恐ろしい事件でした。

トリカブトとフグの毒テトロドトキシンを同時に服用させると、お互い抑制し合ってどちらの毒も利かないそうです。ところが、テトロドトキシンの血中濃度が薄くなる時間が、附子よりも短いため、抑制作用がやがて崩れ、附子の毒が効き、死に至ります。

つまり、二種類の毒を混ぜて、毒の効き始める時間をコントロールしたのです。

犯人は、奥さんとその女友達二人の四人で旅行に行き、奥さんに薬として飲ませ、自分は先に帰ったのです。

トリカブトだけなら、すぐに毒が効き始めますが、混合したことで、数時間後に効き始める。

犯人は時間をかせいで、アリバイをつくったのです。

僕は、事件発生後、写真週刊誌の「疑惑の＊＊＊」みたいな記事で殺人の疑いが報道された時から、いろんな事情を知っていたので「間違いなくこいつだ」と確信していましたが、警察と検察はよく調べて有罪にしたものだと思います。

でも、この事件の被害者は、実は三人目の妻で、なんと前の二人も心臓の病気で死んでいるのですが、こちらは調べがつかなかったようです。

トリカブトは昔から世界中で毒として知られており、フランスでもトリカブトの花言葉は「あなたは私に死を与えた」というそうです。

いくら登っても空に浮かぶ雲は切れず、二つあるピークの北峰《ほっぽう》の頂上を目指しているのですが、黒みがかった濃い雲が覆っています。もう一つのピークは南峰《なんぽう》といい、こちらのほうがちょっと高いのですが、道が崩れていて立ち入り禁止です。

漸《ようや》く北峰に着き、周囲を眺めても、南峰も、さらにもっと近くにある屹立《きつりつ》したローソク岩も見えず、五時間の登りのご褒美《ほうび》はお預けでした。

「深田《ふかだ》久弥《きゅうや》」が「日本百名山」という本のなかで利尻山に登った時のことを書いていて、やはり深い霧だったのですが、

「ローソク岩は強風が時々雲を払って、地から生えた牙《きば》のようで素晴らしかった」

イブキトラノオとローソク岩

と書いています。

同じようには、見られず残念でした。

仕方がないので、民宿で作ってもらったおにぎりを食べましたが、おかずの鮭《さけ》の昆布巻《こんぶま》きがさすがに絶品《ぜっぴん》なので、少し幸せでした。

お弁当もそこそこに、反対側の沓形《くつがた》へ降りるという青いウェアの彼に、「じゃあ、気を付けて」と別れ、僕は登ってきた道を下り始めましたが、今度は、小降りになった雨の代わりに、猛烈な風が吹き荒れました。

登山道の大半には、ミヤマハンノキやダケカンバといった灌木《かんぼく》がトンネルのように覆いかぶさっていますが、所々、細いヤセ尾根では木が無く、風にまともに煽《あお》られ、体が浮き上がりそうでした。

稜線が終わり林の中を四合目くらいまで下りてくると、さっきは気が付かなかったツバメオモトの実がなっていました。

五十センチくらい伸びた茎の先に青い実が一個だけ付いています。茎には葉もついていないので、そのまま首に巻いてネックレスに使えそうな形です。

「燕万年青《つばめおもと》」の「ツバメ」は、濃い藍《あい》色に熟した実が燕の頭に似ているからという説と、葉が開くとき刀の鍔《つば》に見えるので、鍔の芽《め》からツバメという説があるらしいです。

オモトは、葉がユリ科のオモトに似ていることから来ているそうです。

約一センチの白い花をつけるそうですが、花はもう終わっていたのか、見当たりません。

実の直径も一センチくらいで、球形で瑠《る》璃《り》色に輝いて宝石のようです。

「群青《ぐんじょう》の空の色」を意味する宝石ラピスラズリの荘厳《そうごん》な青です。

日本では瑠璃と呼ばれるこの宝石は、青《せい》金石《きんせき》という鉱物が主成分ですが、黄《おう》鉄鉱の粒を含んでいると、それが夜空の星の様な

ツバメオモトの実

輝きを持つそうです。

紀元前のエジプト、シュメール、バビロニアなどの時代から、宝石としてはもちろん、「ウルトラマリン」という顔料《がんりょう》の原料としても珍重《ちんちょう》されていたそうです。ヨーロッパの近くではアフガニスタンでしか産出せず、それが海路で運ばれたため、「海を越えて来た青」という意味でウルトラマリンと名づけられたとのことです。

オランダの画家フェルメールが描いた「真珠の耳飾りの少女」の髪に巻いたターバンの鮮やかな青は、フェルメールブルーと呼ばれるこの天然のウルトラマリンを用いたものだそうです。

昔は宝石から色を作ったのですね。

ツバメオモトもどこからか海を越えて利尻にやってきたのでしょうか。


下山して、帰りのフェリーを待つ間、港に面した棟割《むねわり》建物の食堂にふらっと入りました。

ビールのつまみに、赤くてコリコリしたホヤの酢の物、白身が少し透ける蛸《たこ》の刺身、若布《わかめ》の中に浮かせてある紫ウニを楽しみながら、冬は何してんの、なんて気ままにこの食堂の女主人と話し、鴛泊の語源も教えてもらいました。

ところが、帰ってから、利尻のことをネットで調べたら、彼女の情報が出てきて、利尻の方言かるたの本を出版している元気なおばあちゃんとわかり、ちょっとびっくりでした。

彼女は利尻生まれの利尻育ちで八十八歳らしいのですが、七十歳代にしか見えませんでした。

もっと色々話を聞けばよかった。

食堂からほろ酔い気分で外に出ると、きれいに晴れ上がった北峰が見えました。

フェリーのデッキからは夕暮れの海に浮かぶリイシリの北峰と南峰がならんで全容を見せているのが望めました。

白い航跡を浮かべる海より、もっと濃い青に次第に染まっていきます。

ギリシャ神話で「北風の神」を意味するという「ボレアース宗谷《そうや》」というフェリーが、滑るように心地よく島を離れていきます。

礼文島が左舷に見える頃、同型のフェリーとすれ違い、いつしか夜の帳《とばり》が下りて

フェリー「ボレアース宗谷」と利尻山

リイシリとはお別れになりました。

夜は稚内の民宿に泊まりました。

翌朝、列車で移動してあの町に行きました。

三十数年ぶりに帰り着いた駅前はあまり変わってないような気がしました。

町の神社の禰宜《ねぎ》の加藤君に市内を車で案内してもらい、途中で西尾麻紀子《にしおまきこ》さんと中《なか》川遼子《がわりょうこ》さんと合流しました。

小・中学校とも回ってくれましたが、建て替えられていましたね。

ところが、何十年も前に住んでいた自宅が残っていて、いまだに使われていたのには、大変驚きました。

当時、引っ越して最初に入居したのは、吹雪《ふぶ》くと二階の部屋には天井裏から雪が入るような家だったので、父が会社に頼んで建て替えたのです。

ですから、僕らは新築で住んだのですが、それにしてもよく残っていました。やはり同時に三軒位立て直した他の社宅はすべてなくなっていたのですから。

西尾さんが住んでいる人を知っていて、声をかけてくれ、家の中にも上がらせてもらいました。

壁は張り替えてありましたが、天井や鴨居《かもい》などは昔のままだったので、またびっくりして感動、懐かしすぎて本当に声も出ないくらいでした。

亡くなられたご主人が町の教育長をされていたという八十歳代の女性が一人で住んでいるのですが、気も心もお若く、溌剌《はつらつ》とした方でした。

お子さんが私たちと同年代と言っていましたが、家の内外をそれはもうきちんと整頓してきれいに使っていて、それがまたうれしくて有難かったのです。

もし家がバラックになっていたら、年が経ったのを感じたでしょうが、昔同様でしたから、子供の時に戻ったような気持ちになりました。

昔、小学校のスキー遠足で行った小山は「羊の丘」なんて洒落《しゃれ》た名前がついて、随分きれいになっていますね。

世界の珍しい羊を集めた緬羊《めんよう》牧場では、毛刈りショーやシープドッグショーなどのイベントもあるんですね。

羊毛工芸館もあり、染め、つむぎ、織り、編み、フェルトなどの体験ができる施設にもなっているそうで、ショップでは手作りの羊毛作品が売られていました。

背中に星形の斑紋《はんもん》のある羊もいるのかと思ってしまうくらいです。

スキー遠足では、段々畑に雪が積もっただけで、スキー場のゲレンデとは程遠いような傾斜を、みんな勝手にスキーを担《かつ》いで登り、滑り下りることを繰り返し、お昼は持参したおにぎりを食べたことがありましたよね。

先生たちは、持って行ったダルマストーブを囲んで暖をとっていたのですが、生徒には当たらせてもらえません。

固く凍ったおにぎりを両手で包んで融かそうとしてもなかなか融けなくて、こごえた手に息を吹きかけても冷たくて、涙が出そうになったのをよく覚えています。

僕は聞く人によってはとんでもなく不遜《ふそん》だと思われるかもしれないので、これまで言ったことはないのですが、大人になって働き始めてから、毎日の出来事について、ある受け止め方をするようになりました。

見たり聞いたり、体験したりすることや、良いことでも辛《つら》いことでも総《すべ》て、自分のために誰かが演出しているのではないかと、周りに登場してくる人たちは、自分のために役を演じているのではないかと、いつの間にか思うようになりました。

どんなことが起こっても、

「ああ、こういうシチュエーションにしたい訳ね」

と、顔が見えない脚本家や演出家の存在を感じてしまうのです。だからといって、その設定に反発したり、賛同したりする訳でもない、そんな経験はありませんか？

人生の意味を僕が考えるのではなく、人生の演出家が僕にたえず「この設定」をするので、それに答えることが生きることであると。

自分自身で意味を考えても、次の瞬間それは、まったく別の解釈をせざるを得なくなることもある、だから「設定」に答えていくしかないと。

なので、結構つらいことがあっても、

「まあ、こういう設定なんだ」

と思ってしまうのです。

そして暗い客席の観客が、僕がどうするか、あれこれと想像しながら見ているんだと。

おかしいでしょうか？

だけどそれは、大人になってからのことで、子供の時は辛いことはただ辛かったです。黙って我慢するしかありませんでした。


夜は四人でお寿司屋さんに行き、また色んな話をしました。

途中から、裕福なお茶販売店の二代目の布施《ふせ》君が加わりました。

相変わらず冗談がうまくて、彼の一人舞台でしたが……。

僕が転校した後、誰かさんと文通していたことを、西尾さんは今回の同窓会で初めて聞いて驚いたと言っていました。

また、あなたが谷村《たにむら》君達に、僕を探してと再三頼んだ話を二、三回繰り返していました。

あなたが強く言ってくれたので、僕は見つかったのですね。

幹事の谷村君が実名登録のＳＮＳで探したとばかり思いこんでいました。

予想外のことにうれしくなり、そのあと会話も上の空で昔の色んなことを考えていました。

探してくれて本当にありがとう。


翌日は旭川に行き動物園と美術館を巡《めぐ》って、十八時発の飛行機で帰ってきました。

夕日が沈む頃、空港を飛び立ったのですが、昔、あの町を離れたときのように、寂しくちょっと辛い気持ちになり、いつまでも窓から地上の灯《あか》りを眺めていました。

正に「時空を超えた」五日間でした。


もっと沢山書きたい気持ちもありますが、だいぶ長くなりました。

幹事さんもしていただいて、ご苦労様でした。

横浜はまだ少し残暑が続きそうですが、札幌はもう秋ですね。

お体ご自愛され、お元気で過ごされるようお祈りしています。
また、お会いできる日を心待ちに、過ごします。

草々

九月十六日

山口和彦《やまぐちかずひこ》

佐川宏子《さがわひろこ》様

拝復
こちらでは朝夕は寒さすら感じるようになってきました。
同窓会には遠くまで、よくいらしてくださいました。
本当に楽しい一時を過ごすことができて、とても感激しました。
谷村君から送られてきた同窓会の写真を見て、みんなの笑顔を思い出しています。
いただいたお手紙も懐かしい話やいろいろな話題が興味深くて、繰り返し読みました。

そして、昔のことも次から次へと思い出します。


礼文島には一度行きましたが利尻には行ったことがありません。

ご存知だと思いますが礼文島は「花の浮《うき》島《しま》」と呼ばれるほどたくさんの珍しい花が咲き乱れる島です。

日本で一番北の島なので、海のそばでも高山植物が咲きます。

何年か前の六月に西尾さんたちと、一斉に咲き誇る花を見に行きました。

海岸を散策していて、残雪の利尻山の姿にみんなで感嘆したことを思い出します。

礼文島春の桃岩展望台

私たちも同じフェリーでした。

「利尻の方言かるた」のことは新聞で読んだことがありますよ。一つだけ覚えています。

まっこい　ねっちゃの　ちゃんちゃんこ　じっちゃばっちゃの　くいずだぞ

わかりますか？

八十歳を過ぎて、故郷のかるたを作るなんて、とても素敵なことですね。

きっと色んな思い出が詰まっているのでしょう。

かるたは文と絵があるから楽しいですね。

私も作ってみたいです。

文通していたことは、谷村君がみんなの前でばらしちゃってごめんなさい。内緒のはずだったのに……。

楽しく暮らしていらっしゃるようで安心しました。

ただ、もう少し早くお会いできたらよかったですけど、これからはまた、会えますね。

北海道を楽しんで帰られたようですね。

私たちも翌日、女性陣五人と谷村君、加藤君と小樽に遊びに行きました。

そう、私たちも凄い雨に遭《あ》いましたが午後は止んで、久し振りの小樽観光を楽しみました。

山登りはずいぶん行くのですか？

遭難しないように気を付けてくださいね。

ラピスラズリは私も指輪を持っています。

きれいですね。

又、お会い出来る日を心から楽しみにしています。

お元気で。

敬具

九月二十一日

佐川宏子

山口和彦様

二. 北の町へ

和彦は小学校五年の十月に、住み慣れた福島市から、父の転勤で北海道の北部の小都市に引っ越した。

十月も下旬になり内地ではまだ紅葉の始まりだったが、北では長い冬がもうやってくる季節だ。

月末までには初雪が降りいったん融けるが、十一月になって降ればもう春まで続く根雪となる。

しかし一家は北海道は初めてだったので、ただ漠然と引っ越していった。

福島から仙台まで、父の会社の車で送ってもらい、仙台空港から千歳空港まで、双発のプロペラ旅客機に乗った。

仙台空港で出発を待っていると、到着した飛行機から、日本のプロ野球のスター選手とアメリカ人選手らしき一団が降りてきた。

その年はデトロイト・タイガースが来日し日米交流試合が行われていた。

和彦は、テレビでしか見たことがなかったプロ野球選手に興奮し、長嶋と王、そして、たまたま通りかかった名前も知らないアメリカ人選手にサインをもらった。

この年の交流試合は十八試合行われ、日本は四勝しかできなかったのだが、阪神の村山投手が全盛期で、強打の大リーガー相手に二安打六奪三振の完封勝利を収めた試合もあった。ウイニングショットは村山の『伝家の宝刀』フォークボールだった。八回も二死までノーヒットだったのだから快投である。

大リーグチームの監督は、印象に残った選手として「投手はムラヤマ、打者はナガシマ」と言った。

巨人・長嶋茂雄三塁手には「凡打でもいつも全力疾走」と、技術以前の野球に対する取り組み姿勢を評価したのに対し、村山の評価は「あの投球には脱帽する。速球もいいが、ストライクの軌道から消えるように落ちるフォークはすごい」と絶賛の言葉を残して帰国した。

千歳空港に着いて、バスで札幌駅に向かい、列車に乗り継いだ。

急行列車が札幌から離れるにつれ、車窓の景色は住宅や田畑が少なくなり、紅葉が散り終わり枯れ始めた原生林と、冬に備えて草を刈った牧場に変わっていく。

ディーゼル列車はまばらな踏切を通過する前に、雉《きじ》の鳴き声のようなケーンという汽笛を鳴らす。

蒸気機関車のブォーという汽笛とは違い何か物悲しい。

時々停まる駅も閑散とした停車場《ていしゃじょう》になってきて、この先何かあるのだろうかと思い始めたころ、町に着いた。

ホームは二面三線で上下線の離合駅《りごうえき》だった。

林業が盛んらしく、操車場《そうしゃじょう》があり、無蓋《むがい》貨車が木材の積み出しのために待機している。

なかには直径三メートル位の、切り出した丸太が積まれている貨車もある。

平屋の簡素な駅舎に降り立った乗客もまばらだ。

駅から川を渡り、少し山あいに入った、町一番という旅館に、最初の晩は宿泊した。

旅館の和室には、大型の石炭ストーブがあり、まだ十月なのにすでに火が入っていた。炬燵《こたつ》はないが、部屋全体が暖かい。

町は、川の中流の三角州に広がった盆地なので、周りを低山に囲まれた畑や牧場などが望めるのだが、この宿は奥座敷のような山蔭《やまかげ》なので、遠景は利かず、雑木林か熊笹しか見えない。

それでも、姉の美智枝《みちえ》は旅館の庭や周囲の山の白樺など、初めてみる北海道の自然に見入っている。

和彦は一年ほど前に友達にもらったカナリアを、移動中ずっと木の籠《かご》にいれて連れて来ていた。

部屋の壁の違い棚に置いてからも、まだ、水は飲んだか、餌はあるかなどと、何やかやと世話をみている。

母の君子《きみこ》は引っ越しの準備と長旅で疲れたのか、枕を出し昼寝している。

貯炭式ストーブ

「今年は初雪はまだですよ、でもだいぶ冷える様になってきたから、そろそろですね」

部屋に挨拶に来た初老の女将が言った話を思い出し、和彦は本当にもう雪が降るのだろうかと二重窓を通して外を見る。

短日《たんじつ》で暗くなりかけた空に、山の端《は》が線を引いていた。

やがて新任地の勤務先に挨拶に行っていた父の信一郎《しんいちろう》も戻り、夕食を食べた。

君子は埼玉の農家の娘なので、米が気になるらしく、

「北海道のご飯は粒が大きいね、なんかぱさぱさしてるね」

「水分が、乾燥してるのかしらね」

美智枝も母に調子を合わせる。

和彦は明日からどんな暮らしになり、どんな小学校に通うのか、漠然と想像しながら床に就《つ》いた。

部屋のストーブは石炭を多めにくべて、空気口をしめておけば、ゆっくりと燃えて適度な暖気が長時間保たれるらしかった。

しかし、翌朝は少し寒くて、君子がガチャガチャとデレッキでストーブの中の熾《お》きをかき回す音で、和彦は目覚めた。

朝日が差し込んでいるが、ストーブは素手でさわれるくらいに冷めていた。

太陽の光にいつも反応してさえずっていたカナリアの声が今日は聞こえない。

籠に被《かぶ》せていたタオルをとると、籠の底に敷いた新聞紙の上にカナリアは横たわっていた。

「あっ」という和彦の声で、君子がそばに来て覗《のぞ》き込み、やがて「寒かったのね」と言った。

信一郎はうーんと言ったきり、何も言わない。

美智枝は小鳥を籠から取り出して掌《てのひら》に乗せ、体を撫でるが、目も羽も閉じたまま動かない。

「タオルかけておけば大丈夫って、昨日僕にお母さん言ったじゃない、死んじゃったじゃない」

「そうだねぇ、こんなに寒いとは思わなかったからねぇ。ひどいね」

君子は困惑しながら言った。

やがて仲居が来て、ストーブの火を熾《おこ》しながら慰めたが、「昔はカナリアをたくさん飼ってた人もいたけど、最近は、あんまり見たことがない」と呟《つぶや》いた。

戦後、カナリアは、愛玩鳥《あいがんちょう》としての人気に加え、「輸出の花形」として外貨獲得に役立っていた。

北海道内でも一時は二万羽位飼われていたこともあったらしいが、すでにブームは終わっていた。

やがて、朝食が運ばれ、女将が同じように慰めの言葉を和彦に投げかける。君子が女将と何か話し、和彦に言った。

「お庭に埋めてあげなさい。お墓作って」

低山に囲まれた宿の庭には、桜、えぞ松、ナナカマド、ツツジなどが植えられている。池はない。庭が山の白樺林に切り替わる境目の斜面に、和彦は美智枝とともに小鳥を埋めた。火を熾す時に使う神社札のような木端《こっぱ》をもらい、墓標《ぼひょう》代わりに立てた。

北海道の最初の朝だった。

三．利尻かるた

北海道の旅の写真を整理していた和彦は、宏子も知っていた利尻の方言かるたの本が気になり、食堂の女主人に電話をした。

どこで手に入るのか聞くと、郵送してくれるという。

電話の声もやはり若く感じる。

端正な顔立ちで、観光客には淡々として、冷たくはないが一定の警戒を解かない顔貌《がんぼう》を思い出した。

三日たって、本が郵送されてきた。送り状が一葉同封されていた。

前略

颱風《たいふう》十七号が現在、道東の太平洋岸を吹き付けているようです。

御地の被害はどうでしたでしょうか。当地はおかげさまで曇天《どんてん》で、海の波の高さも二メートル程度と云うことで連絡船の欠航もなくすみそうです。

さて、昨日は「利尻の方言かるた」の注文ありがとうございました。

早速送らせて頂きます。

利尻の昔のことどもを想像くださるといっそうありがたいことであります。

又のご来島をお待ち申します。

かしこ

十月一日

佐藤《さとう》　萬《まん》

山口和彦様

「㋐　あいたば吹いて、海兎《うみうさぎ》飛ぶ今日の海
北西の風が吹いて海には兎が飛ぶように白波が立っているよ、今日の海は……」

「利尻の方言かるた」の本は利尻で生まれ育った佐藤さんが創作したもので、読み札とその解説、軽妙な絵札も添えられているだけではなく、かるた札の工作方法、利尻の浜ことば、歴史、地名などが紹介されている。

風は吹き付ける方角ごとに呼び名が違う。しかもそれぞれに特徴を意味する独特の名前がついている。内地でも冬の北西の季節風を「あなじ」、東風《ひがしかぜ》を「こち」、南風《みなみかぜ》を「はえ」などと呼ぶが、利尻での十五とおりの呼び名が書かれている。

やはり自然とともに暮らす島だから、八方からの風を峻別《しゅんべつ》して、天気の変化や漁の成果を予想したのだろう。

最初の(あ)の絵札には、荒れた三角波《さんかくなみ》の上を飛ぶ白兎と、空に浮かび口から激しい風を吹く龍《りゅう》と、海岸で呆《ぼう》

利尻の方言かるた

然《ぜん》と立つ漁師が描かれ、厳しい自然を表現している。

しかし㋑からは、豊かだったニシンなどの収穫作業の様子や、老若《ろうにゃく》男女が楽しんでいる生活が、簡潔だが活き活きと述べられている。

「㋝　ぜんこを運んだリンゴ箱
ニシンの大量で得たお金をリンゴ箱に入れて送り出した。送り先は銀行か？」

著者がまだ二十代であったころまでは大量のニシンが島に富をもたらしていた。

「㋲　もっこしょい黄粉《きなこ》のまんまと焼きニシン角《かく》お鉢《はち》で振舞《ふるま》われ
もっこしょい（しょい篭）でニシンを運ぶことをしている時、角おはち（長四角《ながしかく》のおはち）に黄粉をつけた握り飯とニシンの焼いたのを持ってきてくれた」

あとがきには利尻島に対する佐藤さんの強い愛着が感じられた。

彼女は尋常《じんじょう》小学校、高等女学校を卒業し、北海道女子師範《しはん》学校の第一期生となり、利尻で教師を勤めた。

戦後は子育ての後、生命保険会社の外交員として三十年間勤務し、現在は夏の間食堂を営み、冬は島の昔のことを書き綴《つづ》っている。

著書は既に七冊と記載されている。

利尻島はニシンの群来《くき》がなくなり、二万人を超えていた人口も今では五千人程度に減少したが、昆布とウニなどの海産物は健在だ。

和彦は、今度は初夏の花の季節に、また利尻山に登り、食堂へ寄ろうと思った。

四. 新生活

和彦たちの家は、駅の西北のまばらな住宅地にあった。

二階建てで、屋根が頂点から左右に流れる切妻造《きりづまづくり》で、屋根の傾斜は二階の床の高さあたりから急に切れ落ちている。

雪を自然に滑り落とすためにトタン張りの造りである。

将棋の駒に似ていることから、駒形切妻屋根ともいう。

以前は農家が住んでいたらしいかなり年数がたった建物だった。


信一郎の勤務先の社員が何人か引っ越しを手伝って、北海道特有の住宅の仕組みや、寒さへの備えなどを説明してくれた。

「水道管は冬しばれると中の水が凍結してしまうので、夜寝る前に水抜きをする。特に地下まで下りている管は凍ると、簡単には融かせないから気を付けるように。

もし凍ってしまったら水道局を呼べばよいが、そんな日は忙しいのですぐには来てくれない」

「寒い夜は、勝手口のそばなどに食品を置いておくと、レンガの様にがちがちに凍ってしまうので、忘れずに冷蔵庫にしまうように」

凍れば卵は膨張して殻は割れてしまうし、なかなか融けないので、普通の料理はできなくなる。

牛乳は水分が先に氷となり固形分と分離する。凍って分離した牛乳は融かしても元には戻らない。

野菜も水分が氷になり、味が変わってしまう。

冬の北海道では低温から食品を守るために冷蔵庫を使う。温蔵庫なのだ。

「二重窓は、開けると凍って閉まらなくなるので、絶対に開けてはいけない」

窓はそもそも、窓ガラスだけでは氷雪が張り付き割れてしまうので、透明のビニールで目貼りする。開けると覆いなおさなければならないから、一、二か所だけ、暖かい日の換気用に、開けられるようにしておくが、ほとんどの窓は一冬閉めっぱなしだ。

雨戸はない。雪や氷に向いていないのか。また梅雨もなく台風も少ないからあまり必要ないのか。

「風呂は沸かしたら、間をおかずに家族が続けて入る」

風呂はすぐ冷めてしまうから燃料がもったいないので間をあけてはいけないということかと思ったが、とんでもなかった。

この家は風呂場が勝手口付近にあり、どうしても寒気が入り込む。

冬の寒い夜、外は零下二十度くらいになるので、風呂場も相当冷える。雪原で入浴しているようなものなのだ。

五右衛門風呂で、すのこの上で、体を洗いお湯をかぶる。

するとすのこに残ったお湯が冷えていき、まもなく凍る。

裸足《はだし》で氷の上にはいられないので、お湯をかけてすのこの氷を融かす。

お湯をかけたところは融けるが周りは氷が残る。

これを何回か繰り返すと、真ん中だけはすのこの木肌《きはだ》が出ているが、周りには氷のドーナッツが出来上がる。

壊したり融かしたりしている暇はない。

お湯も減ってしまうし、うかうかしていると体が冷え切ってしまう。

家族はなるべく早く続けて入らないと、どんどん凍って、中央にも氷が張り穴のないドーナッツになってしまう。

風呂釜をつけっぱなしにして暖房代わりにしても、あまり効果はない。風呂に入るのも大変なのだ。


君子は最初は和《なご》やかに聞いていたが、想像できないような話を聞き、次第に不機嫌になった。


和彦の小学校は歩いて二十分くらいのところにあり、レンガ造りの堅牢《けんろう》な建物だった。

担任は皆川《みながわ》という四十歳代後半の男性の学年主任だった。

がっしりとした体格で、顔も角ばって削られた水晶《すいしょう》柱のように面がはっきりしていて、浅黒く、声も太い、ただ眼は優しげである。

五年一組の教室で和彦が転入の挨拶をすると、皆川先生は目のくりっとした活発そうな男子を呼んだ。

学級委員長の福山健太《ふくやまけんた》だった。先生は福山に、学校の中や、色々こまごましたことを教えてやってくれと指示した。

さらに西尾麻紀子を呼び、家が近くだから今日は一緒に帰ってやってくれと言った。

そのうち他のクラスの子も聞きつけて、何人も顔や服装を覗き見に来る。

和彦の半ズボンに黒い長靴下の男の子のスタイルはこの町にはないようで、珍しいのだろうか。

大体の子は少し距離をおいて、何かぺちゃくちゃしゃべりながら、チラチラとみるのだが、大きな丸い目と団子鼻で人懐っこい福山健太だけは、どこから来たとか、家族構成はとか、何やかやと話しかける。

小学校からは南北に走る国道を越えて西側に帰る。

刈り入れが終わった稲の根株《ねかぶ》が残る田や、豆・玉葱《たまねぎ》・馬鈴薯《ばれいしょ》などの取り入れが済んだ畑が、晩秋の青いけれど雲の多い空の下で、ただ冬を待って横たわっている。

山裾《やますそ》の牧場も閉牧《へいぼく》となっているのだろう。牛や羊の姿は見えない。

西尾麻紀子は一緒には歩いているが、照れているのか、あまり言葉は交わさず、曲がり角だけ指し示す。

ポニーテールに花柄のセーターを着て、時々、和彦の顔を見ながらひょこひょこと歩いていく。

和彦の家の前までくると、さよならと言って、和彦が何か言おうとするのもかまわず、速足《はやあし》で次の角を曲がっていった。


一週間もしないうちに初雪が降った。

内地で雪が降れば子供たちは雪合戦だが、北海道では雪温が低くて雪玉がうまく固まらないので、あまりやらない。

男の子はもっぱら体育館の中で、馬乗りか相撲である。

馬乗りはチームを二つに分けて行う。馬チームは、まず一人が壁を背に立ち、その股間《こかん》に別の一人が頭部を入れて馬となり、またその後ろに、頭を入れてつながって続く。

馬が完成したら、もう片方の騎手《きしゅ》チームが跳《と》び箱の要領で、一人ずつ馬に飛び乗っていく。

チームが六人もいれば、馬が長くなるので、遠くから助走し、思いきり跳ばないと途中で乗り手がかたまってしまい、バランスを崩して落馬してしまう。

乗る時に落ちてしまったら、騎手チームの負け。

馬が乗り手の重さに耐えかねて崩れれば馬チームの負けである。

騎手チームの全員が馬に乗ったら、壁に立つ子と最初に跳んで先頭に乗っている子が、じゃんけんで勝負を決める。

負けた方が次の馬チームになる。

五年生のころは男子でも発達の度合いが違い、小柄な子も大人に近い子もいる。

重い子が小さな馬に思いきりどんと乗ると、潰《つぶ》れてしまい、じゃんけんまで行かずに決着する。

馬チームは、大きな子の間にひ弱な子を挟んで何とか崩壊《ほうかい》を防ぐ。

しかし、狙った馬に三人も四人も重ねて乗るので敢《あ》え無く潰れる。

何回も狙い撃ちにされて潰された小柄な子は、やがて半べそをかきながらどこかへ逃げて行ってしまう。

重ねて乗られても耐え抜くと、だんだん乗っている方が傾いてきて落馬する。

落ちれば攻守交代だから、今度は仕返しである。ちょっと小柄でも足腰が強く、簡単には崩れず逆に何人も載《の》せて振り落とす子は、騎手側になっても遠く飛ぶ。

和彦もすぐに要領に慣れて、昼休み、放課後だけではなく、授業の合間の短い休み時間にもみんなと夢中で遊ぶようになった。

相撲は北海道出身の大鵬が横綱になり、全盛期を迎えていたので、大変な人気だった。体育館の床に描かれているバスケット用のサークルを土俵にして遊ぶ。勝抜戦で、勝った方が残って次の相手と戦う。七、八人でやって全員に勝ち一巡すると、大関だとか横綱だとかに祭り上げて、休ませる。

休んでいる間は、呼び出しと行司をする。名前に山とか川とか花とか錦《にしき》とかつけて、四股名《しこな》にして呼びあげ、勝てば行司が懸賞を渡すふりをして、力士は手刀《てがたな》を切って見せる。

道北出身の相撲取りに、戦前から戦後まで活躍した「名寄岩《なよろいわ》」という大大関がいた。昭和七年五月場所初土俵。昭和十八年一月場所に、大関に昇進したが、足の捻挫などがあって、三場所で関脇に陥落《かんらく》。

昭和二十一年十一月場所に、大関復帰を果たすが、内臓疾患や神経病などのため、再び三場所で関脇に落ちる。

立ち合いでじらされると、顔を真っ赤にして怒り出すほどの直情《ちょくじょう》な人柄と、一本調子な取り口から「怒り金時《きんとき》」と呼ばれた。

天真爛漫《てんしんらんまん》、純情で一途《いちず》な性格で、双葉山《ふたばやま》を終生敬愛してやまなかったという。

大関から二度の陥落ののち、関脇まで返り咲き四十歳になるまで土俵に上がり続けた。

その劇的な土俵人生は「涙の敢斗賞《かんとう》」という題名で舞台化・映画化もされ、日本中を沸かせた。

昭和二十九年五月場所千秋楽で、全力士の鑑《かがみ》であるとして、相撲協会から特別表彰を受け、同年九月場所を限りに現役を引退し、五十六歳で亡くなった。

死去から十年後の昭和五十六年に故郷の名寄市に銅像が建てられた。

道北の厳しい自然の中で育ったことが、名寄岩を何度も怪我《けが》や病気に見舞われながらも復活した、郷土の英雄にしたのだろう。

十一月になり根雪が固まったころには和彦は通学路にも慣れ、行き帰り一緒に歩く友達もできた。

最初の日送ってくれた西尾麻紀子や、近くにある製糖工場の社宅の子や、それより西にある集落の農家の子たち。

しかし、冬の訪れは駆け足で、登下校の際に、ゆっくり道草を食いながら歩いてもいられなくなる。

根雪の後の降雪は息もつかせないような速さで一気に厳冬を作り上げる。

灰白色《かいはくしょく》の厚い雲が、まるで手を伸ばせば届くくらい低く降りてきて、その雲の中から、冷たく大粒の雪が次から次へと切れ目なく降り注ぎ、見る見るうちに積み上がっていく。

掌で雪を受けると雪の結晶がありありと見える。

シベリアから日本海の湿気を含んで押し寄せる冬の風が、三～四日間、昼も夜も雪を降らせ、少し晴れ間が来たかと思う間も無くまた降り続く。

一メートルを超すぐらい雪が積もると、漸く冬将軍も落ち着いてきて、のんびりと降ったりやんだり、晴れれば一面の銀世界、降れば灰白色の霧の中のようになる。

積雪と共に、気温も低下していき真冬日が増えてくる。

一日中気温が0度以下の真冬日は、十二月から三月の間で百日は超えるので、その間は、よっぽど暖かい日以外はずっと0度以下なのである。

ただし、暖かいといっても一日の大半はやはり0度以下なのだから、たかが知れている。

教室での席は最初は窓際だった。

授業中もアノラックを着たままでいたのだが、体が慣れていないので震えが襲《おそ》ってくる。十二月に入ってから和彦はダルマストーブの置いてある、廊下側の壁際に席替えしてもらった。

町の中心にある小学校ではあるが、小さな町なので、クラスの子の親は公務員、商人、自営業、会社員、農林業、酪農家《らくのう》など様々だ。

この町には明治三十二年ごろ最後の屯田兵《とんでんへい》が入植したので、その子孫も多い。

屯田兵は、明治時代に北海道の警備と開拓にあたった兵士で、明治七年に設けられ、明治三十七年に廃止された。

札幌郊外の琴似《ことに》兵村《へいそん》から屯田が開始され、しだいに内陸や道東部などに範囲を広げた。

特に後期には、経験の蓄積、良好な土地選定、農民出身者が多かったことなど、好条件が重なり成果が出た。

屯田兵は長期勤務の志願兵で、期間は現役三年、予備役《よびえき》四年、後備役《こうびえき》十三年の計二十年、満四十歳までに限られた。

用意された家「兵屋《へいおく》」と、未開拓の土地とを割り当てられ家族とともに暮らした。

兵屋は畳敷《たたみじき》が二部屋、炉《ろ》を据《す》えた板の間、土間、便所からなり、贅沢《ぜいたく》な間取りではないが、当時の一般庶民の住宅よりは良かったという。

もっとも、高温多湿の気候に向いた高床式《たかゆかしき》の内地の建物そのままなので、冬季には寒さで非常な苦痛を強いられた。

役目は農業、開発土木工事、町の警備、災害救援等々であったが、西南《せいなん》戦争、日清《にっしん》戦争、日露《にちろ》戦争にも参加した。

屯田兵屋

日露戦争では、明治三十七年の旅順《りょじゅん》戦に参加し、多数の犠牲者が出た。

町には澱粉《でんぷん》や甜菜糖《てんさいとう》の製造工場もあり、酪農も盛んで乳製品工場もできていた。開拓が進むと公務員も増え、交通関係や商売も栄え病院もできる。

住んでいる場所によって、ある程度どんな職業の家なのか分かれてくる。

和彦はまだ気が付かなかったのだが、町民は人々を住んでいるエリアによって区別していたようだった。


十二月も中旬になると、一ヶ月近い冬休みが始まる。夏休みを短縮して冬休みを長くしてある。


二学期の終業式の日になり、和彦は、これからが冬本番なのだが、とりあえず休みになるので少し気が楽になっていた。

教室で帰り支度をしていると、西尾麻紀子がランドセルを背負って、そばに来た。

「山口君、何してる、帰るの?」

「また、降ってきたね。帰るよ」

傍《かたわ》らに目のくりっとした、少し角ばった顔だが、頬骨《ほほぼね》は丸い女の子が立っている。

「四組の佐川宏子ちゃんよ、色が白くてめんこいしょ」

確かに、顔だけではなく、首筋や手もずいぶん白い。

耳の穴の手前にある三角の耳珠トラガスが、特に白く光って見える。

髪は栗色っぽい、ふわっとカールしたようなショート、身長は百五十センチ位の、中肉中背だ。

赤いアノラックの下にクリーム色のトックリセーターと、モノトーンの千鳥格子《ちどりごうし》のスカート。

ボンボンの付いた、薄い黄色地にグリーンとグレーの波線が織られた毛糸の帽子とおそろいの手袋を持っている。

和彦は、あいまいに微笑している佐川宏子の顔を、黙って見ていた。

「どうしたの？　じーと見ちゃって、や、ま、ぐ、ち、くん！」

二人は顔を見合わせ、くすくす笑いながら、教室を出ていく。

下駄箱で長靴に履き替え、校門のところへ出ると、二人が立っている。

「宏子ちゃんとこに遊びに行くの」

町の東の方の住宅街には、公務員や教員などの住まいが多いのだが、そのあたりから通っていたようだった。

「山口君も一緒に行く?」

「え、でも、なんか沢山降ってきたよ」

二人は上目使いに、曇り空を見上げ、また、顔を見合わせ、意味ありげにうなずく。

「じゃ、またね、さよなら」

「さよなら」

「うん」

うなずいただけで立っていると、二人は和彦を残し去って行った。

帰りかけて振り向いて見ると、佐川宏子も振り向いたが、本降りになってきた濃い雪に紛《まぎ》れて、表情はよく見えなかった。

五．花言葉

前略

札幌では毎日の冷え込みも増し、まもなく初雪を迎える季節と思いますが、お元気でお過ごしでしょうか。

先週、栃木・群馬・福島の三県にまたがる尾瀬《おぜ》に行ってきました。

鳩待峠《はとまちとうげ》から、尾瀬ヶ原《おぜがはら》に行くと草紅葉《くさもみじ》が最盛期でした。

スゲやカヤの枯れた茶色がベースになり、草の上から下に黄金色《こがねいろ》、茶色、セピア色、緑色などと変わっていくグラデーションで、風が草を煽《あお》ると秋色の波が流れます。

草紅葉のなかに、ヤナギの緑、ナナカマドの赤、枯れたニッコウキスゲ、ワレモコウ、エゾリンドウ、白いシラカバが点在しています。

池塘《ちとう》は、青と白の空と雲だけではなく、湿原をとりまく山々も写します。

夕陽が草紅葉や樹木を濃く染めても、枯色《かれいろ》を消すことはないので、秋らしいちょっと切なく美しい景色でした。

尾瀬沼《おぜぬま》の小屋に泊まり、翌朝は燧《ひうち》ヶ《が》岳《だけ》に登り、また鳩待峠に戻ってきました。

夕方の尾瀬沼とナナカマド、山頂から撮った尾瀬沼と、対峙《たいじ》している至仏山《しぶつさん》の写真を同封します。


こちらでは秋の運動会シーズンで、先週には孫の保育園でも開かれました。

孫は四歳になったばかりの男の子で、終始にこにこして楽しそうでしたが、ちょろちょろして、先生の言うことをちゃんと聞かないようで、なんだか昔の自分を見ているようで少し恥ずかしかったです。

あなたのお孫さんは、茶道師範のおばあ

尾瀬沼の夕景

ちゃんに似て、お行儀《ぎょうぎ》が良いのでしょうね。

そういえば、小学校の時、本田先生が学年で合奏団《がっそうだん》を作って、皆で練習しましたが、確かピアノと鉄琴《てっきん》を担当していましたよね。福山君が指揮で、僕は途中から加入したのですが、オルガンでした。

鉄琴じゃなくビブラフォンですね。ピアノは今も弾くのですか？

もっと思い出しました。中学の時は鼓笛隊《こてきたい》のバトンガールをやりましたよね。いろいろ得意なんですね。

お子さんやお孫さんもきっと多才なことでしょう、楽しみですね。

それで、保育園で井上君《いのうえ》にばったり会いました。同窓会の時にわかったのですが、彼の娘さんが僕の家のすぐ近くに住んでいて、孫娘が同じ保育園に行っているのです。まったくこんなことがあるのですね。

井上君には、小学校のとき、何度か家に行き、将棋をしたりして親しくしてもらいました。

「利尻の方言かるた」の本を買いました。

わかりましたよ。

美しく成長した孫娘への祖父母のプレゼントはちゃんちゃんこです。

きっと佐藤さんが昔プレゼントをもらいうれしかったことを思い出して作ったのでしょう。

決して住みやすいとは言えない利尻の生活では、辛いことや悲しいこともあったはずですが、島の自然と生活を活き活きと描いたかるたには、佐藤さんが過ごしてきた人生の思い出が明るく籠《こ》められていますね。

憧れを感じます。


僕はこんな風に山にも行ったりして元気ですが、あなたは体調は良いのですか？

登山やハイキングをやってみませんか？

北海道はもう紅葉は終わりでしょうが、こちらはこれからです。

京都とか信州もいいですよ。気が向いたら行ってみませんか。

では、今日はあまり長くならないうちに。

草々

十月十一日

山口和彦

佐川宏子様

前略

今はもうさわやかな秋があっという間に通り過ぎ、初雪も降り、もう冬が来てしまいました。

お元気そうで何よりです。

しばらくの間、茶道の札幌支部では秋のお茶会が、教えに行っている高校の茶道部では文化祭があり、忙しい日を過ごして、お返事が遅くなりました。

写真ありがとうございました。

素敵ですね。山頂からの写真と、湿原の夕方のちょっと物悲しい写真は雰囲気が違って、同じ日とは思えませんね。

合奏団の本田先生、懐かしいです。お元気なのかしら。

ピアノは高校までで、お稽古はやめてしまいました。今はたまに遊びで孫に聞かせたりします。

私はバトンガールはやっていませんよ。誰かと勘違いしていますね。

中学一年の時同じクラスだった山上育代《やまがみいくよ》さんと間違えてませんか。

私とちょっと似てるから。

山上さんのお姉さんが、あなたのお父さんが働いていた会社で起きた、あの事件で亡くなった山上幸代《さちよ》さんです。

覚えていますか？

悲しい事件でしたね。あんなことはあの町では後にも先にもありません。


あなたの登山の話を聞くと楽しそうだからやってみたいけど、私は運動が苦手です。

特に山登りは加藤君の神社の裏山とスキー遠足くらいしかやったことはありません。

でも、京都はいいですよね。お茶の研修会で何度か行ったことがありますが、紅葉の時期は行ってないので訪れてみたい、今年は無理ですけど、いつかきっと。

山の花や草木をいろいろ教えていただいたので楽しいです。

私もお茶席でよく愛《め》でられる、秋の草花なら少し知ってます。

よく出るのは、吾亦紅《われもこう》。

ガマの穂みたいな花の塊《かたまり》で、ピンクで穂の上の方から順番に咲き、やがて全体が暗い赤色になります。

花言葉は「愛慕《あいぼ》」「変化」です。

段菊《だんぎく》は西日本の方が多いのですが、たまに見ることもあります。

青紫色の花がきれいですね。花が段々に咲き、葉が菊に似てるからこの名前だそうですが、キク科ではないです。

吾亦紅

花言葉は「忘れ得ぬ思い」「悩み」

秋海棠《しゅうかいどう》は長さ二十センチもある葉が、ハート型で左右が非対象になっていて、淡い紅色《べにいろ》の花弁と黄色い雄蕊《おしべ》の組み合わせが可愛い。

花ことばの「片思い」は葉の形が由来だそうです。

玉あじさいは名前の通り紫陽花のミニ版、でも秋に咲くんですよね。

花言葉は「冷たいあなた」

藤袴《ふじばかま》は秋の七草で、沢山咲く小さい藤色の花と、花弁の形が袴のようで、この名前だそうです。

桜餅のような香りで平安時代の女性は、干した茎や葉を水につけて髪を洗ったそうで、源氏物語の巻名にもありますね。

花言葉は「思い出」「遅れ」

霜柱《しもばしら》という花は知っていますか？

枝の上のほうの葉の片側だけにズラッと白い花を咲かせるのですが、冬になると、枯れた茎の根元に霜柱のような氷の結晶ができるのです。茎に咲く花と、氷の花と二種類楽しませてくれます。

氷の花は寒い朝に野山に行かなければ見れませんけど。

花言葉は「健気《けなげ》」です。


竜胆《りんどう》は多分、山で何度もご覧になってますよね。

釣り鐘型のきれいな紫色ですね。

でも花は晴天の時だけ開くのだそうですよ、知ってました？

花言葉はたくさんあって「あなたの悲しみに寄りそう」「誠実」「正義」「悲しんでいるときのあなたが好き」「貞節《ていせつ》」「淋しい愛情」。


杜鵑草《ほととぎす》は初秋の日陰に紫紅色《むらさきべにいろ》の斑点のある花を咲かせます。

斑点が、鳥のホトトギスがもつ胸の模様と似てるので名前がついています。

花言葉は「秘めた思い」「永遠にあなたのもの」です。

花は本当に沢山の種類があって楽しみは尽きませんね。また教えてください。

あなたのように随分長く書いてしまったかしら。

横浜も暖かいとは言っても、もう秋ですよね。風邪など召されませんようにお過ごしください。

かしこ

佐川宏子

十一月十五日

山口和彦様

杜鵑草

六．長い冬

初めての北海道の冬は、年が明け正月になり、いよいよ厳しさを増していった。

そうは言っても、室内はストーブをしっかり燃やしておけば、半袖《はんそで》でも寒くないほどだ。

一階では火力が強い貯炭式《ちょたんしき》のストーブを使っていて、空気口を閉めておけば一晩はもち、朝、空気をたくさん入れると新たに着火しなくても燃え始める。

また、ストーブから出る煙突を真中に通したタンクでいつでもお湯を沸かしておく。

むろんストーブ本体の上にも鍋を置け、さらに側面にヤカンを載せる台がセットできるので、お湯や、煮る、茹《ゆ》でることには困らない。

しかし、大量の石炭を使うので、物置に石炭を取りに行ったり、燃え殻を外に捨てに行くのが面倒だ。

美智枝と和彦は二階の二段ベッドを使っていた。

こちらはオガタンストーブを使っていた。木を切る際に出る大鋸屑《おがくず》を圧縮して、三十センチ位の竹筒のように固めた燃料である。

薪《まき》よりも火力が強く、一部屋だけなら寝る前にストーブに一本追加して、空気口を閉めておけば、やはり朝まで何とかもつ。

ストーブは丸みを帯びた直方体の簡単なものである。


一月のある朝、夜明け前に和彦は顎《あご》が何かにすれて痛いので、目を覚ました。固いごつごつしたものが、顎から首のあたりに当たっている。寝惚《ねぼ》けていて夢を見ているのかと思いながら、寒さの中で次第に覚醒《かくせい》した。固く当たっているのは布団《ふとん》だった。

何が起こったのかすぐには理解できなかった。固い布団を手で触ると、氷が瘡蓋《かさぶた》のように布団に張り付いている。

自分が吐いた息が、布団にかかり湿気が氷になって固まっていた。

「お姉ちゃん、なんか凄《すご》く寒くない？」

美智枝は和彦のおびえたような声で目を覚ました。

「寒いね、どうかした？」

上を見ると天井の隙間から細かい雪がまばらに吹き込んでいる。

「布団が凍っちゃった」

「え、なんで?」

美知枝が電灯をつけ、二段ベッドの上から和彦を覗くと、確かに布団の襟元が白くなっている。

ベッドから降りて固くなった布団に触れた。

「なにこれー。今、ストーブ焚くからね」

火室《かしつ》の前の小扉《しょうとびら》を開け、熾きの残りを確認すると、

「ごめん、オガタンを入れるの、忘れてたわ」

寒いはずである。


一月の中旬から三学期が始まると、通学も大変な日が多い。

どか雪の日は厄介《やっかい》で、ブリザードで前が見えなかったり、吹き溜まりで道がわからなくなったりするので、集団で登下校する。

帽子、マフラー、手袋、アノラックなどを完全装備すれば何とか通学できる。

寒気が入り込んで晴れた日の朝は放射冷却で冷え込む。
湿気が少なく風のない日の方が、降雪の日より温度が下がる。
強くしばれると、完全装備しても寒い。
歩いていると自分の吐いた息の蒸気がそのまま、髪の毛や帽子、マフラーに凍りつく。
耳は必ず帽子などで覆わなければいけない。
直接外気にさらせば、凍傷になる。
鼻毛には鼻水が凍りつく。
眉も真っ白になる。
低温の危険は集団通学では守れない。もしも、低体温症になったら命が危ない。
毎冬、酔っ払いが何人も凍死する。
酔って雪の上で寝込んでしまうのだ。
助かった人の話によると、だんだん眠くなって、気持ち良いのだそうだ。
眠ったら誰かに見つけられなければお仕舞《しま》いである。
零下二十五度以下になった日は学校の連絡網になっている家の前に旗が立つ。

二十五度以下だと、白い旗、三十度以下だと赤い旗が立つ。

白い旗なら学校は十時始まり、赤い旗なら臨時休校なのだ。

和彦は朝起きて晴れていて寒いと、家の前の道路まで飛び出し旗が立っていないか確かめる。

赤い旗が立っていれば、いそいそと支度を始める。

小学校の校庭に先生たちが水を張ってくれて、リンクができているので、スケート靴を持って滑りに行く。

リンクはベストコンディションなので、滑りやすい。午前中ずっと滑って、昼には家に帰る。

運が良ければ、通りがかりの馬そりの後ろに乗れる。

通学の時には禁止されているが、ランドセルを背負っていなければ叱られない。

また、そんな日は川の水が湯気のように上がり、すぐに凍ってダイヤモンドダストになり、キラキラときれいに輝く。


少しでも、楽しめるものを探しながら長い冬を過ごす。

そうして、冬がやがて終わりを迎える頃、北国では唯一の汚い景色が現れる。
厚い雪の中に隠れていた長い間の塵芥《じんかい》が雪解けでさらけ出され、積み重なっていく。
さらに融水が雪の下で固まっていた土壌を泥濘《でいねい》とする。
しかし、黒い土は太陽の熱を吸って、雪解けを広げ、春がやって来る。

七．緋鮒《ひぶな》

前略

もう年も押し詰まって、また新しい年が来ますね。
年が明ければ、札幌では雪まつりの準備ですね。
あなたは茶道の先生だけあって、色んな花に詳しいですね。
北海道にも、段菊、玉あじさい、藤袴などはあるのですか？
本州や九州にしかないのかと思ってました。
花言葉もよくご存知ですね。
秋の花だからちょっと寂しげな言葉が多いですね。
沢山の花に沢山の花言葉があり、色々な意味を人々は楽しんだり、悲しんだり、
慈《いつく》しんできたのですね。
秋海棠はスミレ系ですね。

小さな花の桃色と薄黄色が可憐で、貴女が同窓会の時に着ていた色留袖《いろとめそで》を思い出しました。

よく似合っていましたね。

バトンガールは失礼しました。言われてみれば確かに、山上さんでしたね。

彼女はどうしているのでしょう。

あの頃僕は父に連れられて、町のはずれや隣村に点在する沼や川でフナ釣りをしていました。

引っ越してくるまでは釣りはしていなかったのですが、夏になって、フナならいくらでも釣れるので、父が暇つぶしに始めたのです。

父と同じ会社で働いている菊池三夫《きくちみつお》さんが、竿や仕掛けを準備したり、餌の造り方を教えてくれて、よく釣れる場所にも連れて行ってくれました。

彼は二十七、八歳でしたが、家の裏にあった会社の独身寮に住んでいて、釣りが得意だったのです。

餌はジャガイモを茹でて練り、小さな丸餅のようにしたものを小豆《あずき》位の大きさに摘み取り、針につけます。

甘辛く味付けした醤油やバター・砂糖などを付けて僕らが食べてもおいしいのです。

本当によく釣れるので、釣ってきた魚を入れる水槽も作ったのです。

近所の大工さんに父が頼んで、百五十×五十センチ、高さが四十センチくらいの木枠にガラス張りのものでした。

結構大きかったのですが、たくさん取れるので、最初は入れすぎて、何匹も白い腹を水面に見せて死んでしまいました。

秋になって、父と菊池さんといつもの沼に行き、二人はひとしきり吊り上げたのですが、僕は何故か調子が悪く坊主でした。

夕方になり、納竿《のうかん》と言われ、僕はもう一度だけとせがんで、残っていた練り餌を全部つけました。

しばらく待っていたのですが当たりは来ません。

父にもう帰るよと言われ、あきらめて竿を上げようとしたとき、ググッと重い引きがありました。

二人とも竿先《さおさき》を見て、大物であることに気づき、僕に、そっと手繰り寄せるように上げるんだといいながら、タモを準備しました。

ゆっくりと水面近くまであがってきた魚体は、なんと金色に輝いていました。

四十センチを超える大型の緋鮒《ひぶな》でした。

菊池さんも、緋鮒は何回も釣っているがこんな大型は、見たことも聞いたこともないと言っていました。

夕陽に金色の鱗《うろこ》が光り輝いて、本当に金細工のようでした。

家の水槽では丈《たけ》が合わないので、会社の門のそばにある池に入れました。

翌日地元の新聞が取材に来て、囲み記事ですが掲載されました。

緋鮒

しかし、釣り上げた緋鮒は会社の池で一週間ほどして死んでしまいました。

父が魚拓《ぎょたく》をとってくれましたが、何だか悪いことをしてしまったような気がしました。

あんなに大きくて綺麗《きれい》な鮒は、やはり、沼にいるのが良かったのですね。狭い池で生きていけなかったのでしょう。


それから、二年くらいしてから、菊池三夫さんと山上さんのお姉さんの事件が起こりました。

釣りが好きで、おとなしそうで親切な菊池さんが何故なのでしょう。

僕はもちろんまだ子供でしたから、詳しいことは聞かされていませんし、多分聞いても原因は理解できなかったと思います。


独身同士で不倫でもないのだから、結婚を反対されたとはいっても、どうして最愛の人を殺さなければならなかったのでしょう。

二人で幸せになる術《すべ》はなかったのでしょうか。

今もよくDVやストーカーの事件はあります。

愛する人に出会い、共に暮らすことが喜びなら、悲劇は起こりえないと考えるのは、自然だと思いますけど。

それが喜びであり、幸せであると認識していないのか、あるいは、何か別のものに変わってしまうのか。

ストーカーは、一方が捨てられたようなものなのだから、固執《こしつ》したいのはわからないでもないけど、恋や愛が憎悪に変わって、傷つけたり、殺してしまうのは、仕方のないことでしょうか。

いずれにしても、悲しいことでしたね。父もショックでしばらく元気がなかったことを覚えています。

同級生の福山君に連絡がつくかもしれません。

西尾さんが福山君の遠戚《えんせき》の方を知っているので、確認してみると言ってました。

明るくて、話し上手で、しっかりした彼のことを、僕はとても好きでした。

中二の冬休みに急に父の転勤が決まり、札幌へ引っ越すことになったとき、彼はわざわざ僕の家まで訪ねてきてくれて、お別れの挨拶をしたのです。

あの時は、また会おうね、ずっと友達だね、なんて言っていたのに。あれから一度も会っていないのですから。会いたいです。

春が来るまで、もうしばらくですが、どうぞ、健康に気を付けてお過ごしください。

草々

十二月十日

山口和彦

佐川宏子様

前略
横浜ではもう椿が盛りを過ぎたのでしょうか、侘助《わびすけ》もご覧になりましたか。
テレビで伊豆の梅まつりのニュースを見ましたが、こちらはまだまだですね。
新春の支部総会と茶会も終わり、お彼岸が来れば、札幌も漸く春の便りが届くようになります。

先日は、西尾さんが札幌に遊びに来て、あなたのことや、町の昔の思い出話に花が咲きました。

事件の話も出ました。

山上さんのお姉さんのことは、詳しく知ってらっしゃるのかと思ってましたが、そうでもなかったのですね。

もう今となっては時効でしょうから、私が知っている事情は、簡単に言うとこんなことです。

二人は職場で知り合い愛し合うようになり、結婚を約束したのですが、両方の親が反対したので、駆け落ちして、関東と東北の方に行ったそうです。

あの方のおなかの中には、赤ちゃんがいたそうです。五ヵ月ぐらいだったと聞きました。

何処《どこ》かに当てがあるわけではなかったので、温泉地みたいなところを回って、結局お金が続かず、十日くらいで戻ってきました。

途中駅から、知人に電話したら、町中で大騒ぎになっていると言われて、引っ込みがつかず家に戻れなかった。

そして、神社の裏山に行き一晩過ごそうとして、夜中に悲劇が起こったのです。

親が反対した理由は、お父さん同士が昔から諍《いさか》いがあったということになっています。

ただ、私の父の話によると、確かに仲は良くなかったけど、それが理由ではないと言ってました。

住んでる所と家が違いすぎるからだそうです。

最初にその理由を聞いたときは、よく理解できなかったのですが、その後私も大人になり、色々なことを知ったり、経験を重ねて、段々とあんな悲劇が起こった原因や背景もわかるようになりました。

山上さんの家は、屯田兵の子孫、菊池さんは違いますがやはり明治末に入植した農家の子孫でした。

山上さんの曽祖父《そうそふ》さんは、日露戦争にも行った人で、屯田兵の中でも偉い方だったそうです。

理由を聞いて考えてみると、どちらの家もこの町の開拓に携わった家系なのですが、確かに、随分と違う点があります。

同じ農業なのに、所有地の広さや場所、作物の収穫や、環境も違います。入植した時から条件が違うし、何十年もたてば、色々な面での差が、人々の中で格の違いみたいなもので、定着してしまったのでしょう。

だからと言って結婚できないほどではないと思うのですが、当事者でない私は迂《う》闊《かつ》なことは言えません。

何もなければ、口にすることもないのでしょうが、結婚というような家族の将来を左右するようなことになると、渡ることができない、深い淵のようなものが、姿を現して、二人を妨げてしまったのでしょうか。

すごく辛くて悲しいことだけれど、明るみには出ない人々の心の中の闇のようなものでしょうか。

警察の取り調べによれば、山上さんのお姉さんが悲観して菊池さんに殺してほしい、と言ったそうです。

私もあなたが言うように殺さなくてもいいのに、とは思います。
ただ、殺してほしいと言われて、
はい、わかりました
という人はいないでしょうから、きっと本当に追い詰められたのでしょう。
でも山上さんのお姉さんの気持ちを考えると、もしかして私が同じ立場だったら、同じように死にたいと思うかもしれません。
折角《せっかく》赤ちゃんもいたのに、辛かったでしょうね。

人は必ずしも最愛の人と結ばれるわけではありませんよね。

DVやストーカーの事件が起こることも、仕方のない面も多少はあると思います。


私も男の人がわからない時があります。

自分のことを愛してくれているのか、何も考えていないのか、気づかないのか、とても優しいのに考えることは、ずれていたり色々ですから。

なるべく気にしないようにしてますけど。

それに最愛の人とでなくても幸せにはなれますよね。
一度しかない人生だし、一つしかない命だということ、そして一期一会《いちごいちえ》だという
こと、それを忘れなければ、辛いときも、耐えられるような気がします。
私は普通に幸せな暮らしを送ってきたので、偉そうなことは言えませんけ
ど……。

山は行かれているのですか？
冬はお休みですか、雪山は危険だから気を付けてくださいね。遭難しないように。
私も若くはないので、冬が辛くなってきました。お互いに健康に注意しましょう。
暖かくなったら同窓会でみんなに早く会いたいですね。お元気で。

かしこ

二月五日

佐川宏子

山口和彦様

八・春と夏と秋

道北では冬の到来と同じように、春も一気に訪れる。

最初は、蝦夷紫ツツジが自分の葉が開くのも待ちきれずに咲く。そしてゴールデンウイークに漸く桜が開花する。

梅・桜・チューリップ・ライラック・スズランなどが、開花時期を重ねながら次々と咲いていく。

梅雨のない北海道ではさわやかな晴天が続き、季節はまるでたまっていた仕事を片付けるかのように、春をせっかちにこなす。

そして夏が来る。盛夏らしき期間は一週間くらいしかない。

道北の小さな町にも、観光客は来るが、特に際立った名所も名産物もないこの町では、むしろ、住民が訪問客を物珍しげに眺める。

内地からツーリングに来たバイクは国道を一定間隔の排気音を響かせ、数少ない信号に止め

農作業風景

られることもなく、駆け抜けていく。

気まぐれな好奇心で駅に降り立つ、幅広のリュックを背負った若者も、すぐに次の列車の発車時刻を探す。

爽《さわ》やかな、だからこそ当たり障りのない夏よりも、ここでしか体験できない極寒の冬の方がはるかに旅らしいことには誰も気が付かず、何も見つけずに町を後にする。

農業、牧羊、酪農、林業は暦との競争だ。

開拓の歴史が作り上げたこの町ならではの、あわただしい時間が過ぎていき、夏は居所をなくし、初秋が来る。

そして、人々に厳しい季節を耐える心積もりをさせるためなのか、自然は豊穣《ほうじょう》な収穫を与える。

君子は家の周りに気ままに植え、春に旬の味を楽しんだグリーンアスパラの、根株だけを残し、葉茎《はくき》を刈り取り、冬越し準備をする。

社宅の空き地を畑にして植え付けた、玉葱、馬鈴薯、人参《にんじん》も、もう今は痕跡《こんせき》しかない。

信一郎の同僚や部下が届けてくれるスイートコーンは、もう二か月近くも食べ続けているが、飽きはこない。

小豆、南瓜《かぼちゃ》、鮭、シシャモ、ホッケ、ソイ、カレイ、ホタテ、エビ、カニ、マトン。どれも安価で美味しい。

特に、ジンギスカンは、結婚式と葬式以外であれば、人が集まれば必ずと言ってよいほど楽しむ。

日本では大正七年に軍隊、警察、鉄道員用制服の素材となる羊毛自給をめざす「緬羊《めんよう》百万頭計画」が立案された。

第二次大戦後物資不足の時代にも、農村の衣服を担う貴重な資源として重宝《ちょうほう》され、昭和三十年代前半には羊の数は全国で百万頭にまで増えた。

しかし貿易の完全自由化品目となり、安価な羊製品が輸入され、日本の羊はジンギスカンや、ソーセージなどの混ぜ物として、十年あまりで食べつくされ、昭和四十年代前半には一万頭にまで激減した。

君子は、羊の臭いをあまり気に入ってなかったのだが、信一郎と和彦が好んで食べるので、メニューに困るとジンギスカンを作った。

おにぎりともよく合い、手がかからず楽でもあった。

和彦は六年生になってからも、相変わらず福山健太と仲が良く、家は学校を挟んで反対側なのだが、よく遊びに行った。彼は形態模写もしながら面白く色んな話をする。

「先週の金曜日、帰るときに、中町のバス通りの道端で、二組の新村《にいむら》君が宮本《みやもと》君と立ち話をしていたのさ。足を広げて仁王立ちみたいにしてさ。

そしたら、バスが来て、道幅広くないから、運転手がクラクションを鳴らした。

『ブップー』、話に夢中でよけもせず立ってたら、また

『ブップー』、それでもよけずに立ってたら、広げてた右足をバスにひかれたのさ、半可くさいべー！」

「会田《あいだ》さんて、女子がいるべ。あすこん家《ち》は農家で、こないだ父ちゃんと母ちゃんと山菜採りに行ったんだと。おっきな熊笹の中を二人で歩いてた。

そしたら、笹の背が高いんで、そばをついてっても姿が見えなくなるのさ。母ちゃんが父ちゃんの笹をかき分ける音に、しばーらくついてって、開けたとこに出たら、父ちゃんでなくて、ヒグマだったたって」

「えー、襲われなかったの」

「そっとしてたら、そのまま行ってしまったんだと。ヒグマは足は速いし、木も登る、泳げるし、狙われたらおしまいだ。手をこうやっただけで、牛の背骨が折れる。けど、めったに人は食わないから、そっと逃げればだいじょぶだけどな」

「死んだふりは？」

「ダメダメ、何でも食うから、あっという間にやられるさ」

秋も深まってきた十月のある日の昼頃、町の中心部から川を渡り、小高い峠を越えていく集落に自転車で向かっていた、郵便配達人が峠でヒグマに襲われた。

後続の通行人が、峠の道路脇で昼寝をしているヒグマを見つけると、周辺には倒れた自転車と郵便物、配達人の帽子やちぎれた衣服が散乱していた。警察への通報を受けて、消防と猟友会も出動し、のんびりと寝ているヒグマを射殺した。

郵便配達人は、冬眠を控えて栄養を蓄えるために食欲旺盛《おうせい》になっていたヒグマの犠牲になった。

遺体はヒグマが昼寝をしていた下の地中に埋められていた。

彼らは仕留めた獲物をすべて食べきらなかったときは、保存する習性がある。

郵便配達人は、首の骨が折れており、下腹部を食いちぎられていた。ヒグマの胃の中からは、制服のズボンの切れ端とともに、人肉・内臓が見つかった。四、五歳の雄だった。


夕方になり、熊の襲撃の話が町中に広まりきったころ、会社の人が自宅に来た。

君子は、熊を警戒する注意かと思いながら応対した。

「奥さん、郵便配達がヒグマにやられたのは、知ってますよね？」

「ええ、怖いですね。この辺は大丈夫ですかね」

「峠から、ここまでは途中に川もあるし、それに熊には縄張りがあるので、同じところに何頭も出ないから大丈夫ですよ」

「そうですか。でも気の毒だったわね」

「そうだね。それでこれ、少ないけど肉持ってきたから、皆さんで召し上がってください、供養《くよう》だから」

「えーっ、熊の肉ですか！　いや、ちょっと気持ち悪いわ、いやいや、結構です。遠慮します」

「いやぁ、そう言われても、皆さんのとこに配ってるんで。食べられた人を供養するために、できるだけたくさんの人が、襲った熊の肉を食べるんですよ」

「いや、供養って言われても困ります。うちは結構ですから」

「奥さん、北海道ではね、人食った熊は殺してね、みんなで食べてね、死んだ人が浮かばれるようにね、冥福《めいふく》を祈るんですよ。とにかくおいていきますから、旦那さんにも言ってありますから」


玄関の上がり框《かまち》に置かれた、くるんだだけの新聞紙の包みがやがて自然に開き、竹の皮で包まれた赤黒い肉の塊が姿を覗かせた。

部屋のなかから聞き耳をたてていた和彦は、肉の塊のそばに行き、じっと見つめた。

さきほどまでいつものように縄張りで君臨《くんりん》していたはずのヒグマは、もうその片鱗《へんりん》すら見せてはいない。

不運な郵便配達人を食らったことで射殺され、今度は逆に食されることになった。

自然のなかで、おおらかに生きて来ただけなのだが、もう好きなフキやギョウジャニンニクやイモも、バッタやトンボやネズミも、ヤマメやフナやウグイも食べられない。

雄のヒグマは群れをつくらないから、冬が来る前に、慣れ親しんだ森の穴に入り、独りで冬眠するつもりだったのだろう。

心地よく昼寝をしていたのに、突然猟銃で撃たれ、ヒグマは、もう肉の塊になってしまった。

ヒグマは人を襲って一度味を覚えると何度も襲う。だから人を襲った熊は必ず駆除しなければいけない。

ギョウジャニンニク

和彦が見ているそばから、君子は、こともなげに包みを手に取り、台所に持ち去った。

信一郎が戻り、君子はまだ「本当に食べるのですか」と言ったが、「まぁ焼けばいいだろう」と言われて調理した。

表面が炭のように黒くなるまで焼かれた、硬くて筋が多い肉を、家族は黙って食べた。

九. 春の便り

前略

もうすぐ暑さ寒さも彼岸までになりますが、この言葉は札幌では通用しませんね。

それでも春の便りがぽつぽつと聞こえるようになったのでしょうか。

僕も冬の間は、低山で我慢していたのですが、そろそろ、春の登山をどこにしようかと、準備しているところです。

桜前線の北上に合わせて、何峰《なんぽう》かに登山しようと思っています。

山上さんの件は、あなたに聞いて、何となく真相らしきものがわかったような気もしますが、僕のように一か所に定住しないで何年かで移動していくデラシネには、あの町で、人々がお互いにどういうつながりで、生活しているのか理解できない面があります。

周りの人がどのように考えて反対し、ご本人たちがどう悩んだのか、やはり、よくはわかりませんが、いずれにしても、命が絶たれることは、辛すぎますね。

北海道のことを考えると、どうしても厳しかった冬を思い出します。

でも、花が咲くころになるとまるで別天地のようになりますね。

もうすぐ桜が咲き、ライラック、アカシアやポプラも楽しみですね。

同窓会の前にも訪れたい位です。

そう、今年は秋に京都の紅葉を見に行きませんか?

では、お元気で。春の便りをお待ちしています。

草々

三月十日

山口和彦

佐川宏子様

札幌大通公園のライラック

前略

いろいろとバタバタしていて、お便りが遅くなり申し訳ありません。

先日、札幌に住んでいる三浦路子《みうらみちこ》さんと会う機会がありました。彼女は中学の一年の時、確か一組で一緒だったですよね。

三浦さんは山上育代さんと親しかったそうで、色んなことを知っていました。

事件の顛末《てんまつ》については前回お話しした通りで、結婚に反対された理由もあの通りでした。

事件から十年ぐらいたって、山上さんは、菊池三夫さんと話をしたそうです。

姉を何故殺したのか、姉は菊池さんに殺してくれと言ったのか、何故殺さなければならなかったのか、聞いたそうです。

菊池さんは返事せず、ただ泣いて土下座し続けるだけで、いくら聞いても謝るだけだったそうです。

菊池さんは、その数年後に、病気で亡くなったそうです。

山上さんは独身で、札幌の衣服問屋に勤めています。

結局、お姉さんが本当に死を望んだのか、どんな気持ちだったのかはわからないと言っていたそうです。

人がどんな気持ちで逝ってしまったのか、残されたものには分からないことがあります。

むしろ、分からないケースの方が多いのでしょう。

亡くなった人の人生や死を理解することが、死者の鎮魂《ちんこん》になるのでしょうが、残された人が、前を向いて生きていくことが、せめてもの供養だと考えたほうが良いと思います。

山上さんも

「お姉さんは幸せだった」

と思うようにしているそうです。

京都の紅葉は綺麗でしょうね。

見たいですね。

お元気で。

かしこ

四月四日

佐川宏子

山口和彦様

前略

春になると忙しいのはやはり北海道らしくていいですね。お元気でしょうか。疲れないよう気を付けてください。

僕が、事件の話を続けたので、なにか悲しい思いをさせてしまったようで、ごめんなさい。

もうこの話は終わりにしましょう。

でも、こうして手紙をやり取りしていると、昔に戻ったみたいですね。

転校したあとあなたから手紙をもらい、何度か文通したけれど、僕もまだ子供だったし、初めての経験だったから、どんなふうにやり取りすればよくわからなかった。

女の子には何を書けばよいのか、戸惑《とまど》っていました。

だからいつも、つまらない内容だったのではありませんか?

あなたが、中学の修学旅行で列車が札幌に停まる時間を連絡してくれた時、夜中だったけど、父に頼んで車で札幌駅まで行きました。

けれども、みんながいるのであなたには声もかけず、福山君たちと話をして、そのまま見送ってしまいました。

今考えると、なんて冷たいことをしたのかなと思います。

転校して一年経ち、高校入試の前の冬休みに、僕は肋膜炎《ろくまくえん》を患い、一ヵ月位学校を休みました。

そして、入試は何とか合格したのですが、高校生活が始まり、結局手紙は途切らせてしまいましたね。

今思うと、ホームから垣間《かいま》見たあなたの表情や、あなたからの手紙の行間に感じていたもどかしさが浮かんできて、あなたにも、自分にも、何と言えばいいのかわかりません。

同窓会の時、高校を出てから、札幌のお兄さんのところに移り、仕事をしていたと言ってましたね。市電の西線の十一条あたりに住んでいたと。

僕も、父が札幌で勤務していたので、大学は東京でしたが、自宅は南十三条西十三丁目にあり、いつも休みになると帰っていたのです。

そして、西線にはいつも乗っていましたから、どこかですれ違っていたかもしれませんね。ばったり会ったりする可能性もありましたね。

そしたら、もしかしたら二人とも違った人生になっていたかもしれませんね。

つまらないことを書いてしまいました。

あなたが言うとおり、一期一会ですよね。

結婚して、二人の男の子を育てて、孫もできて幸せそうでよかったです。

六月になれば山の雪もほとんど消えているので、南アルプスの白峰《しらね》三山の縦走に行ってきます。

富士山の次に高い北岳《きただけ》と間ノ岳（アイノダケと読みます）、農鳥岳《のうとりだけ》といずれも三千メートルを超える高さで、その間をつなぐ稜線は、高さと長さともに日本一で素晴らしい天上の世界です。

花もたくさん咲き始めている頃で、楽しみです。

その中でもキタダケソウという北岳にしかない、白くて可憐な花がきっと歓迎してくれるはずです。

もちろん、花と山の写真をたくさん撮ってきますから、楽しみにしておいてください。

もうすぐ夏が来ますね。

同窓会が近くなってきました。

二度目の再会を心待ちにしています。

それまでお元気でお過ごしください。

草々

五月十三日

佐川宏子様

山口和彦

十．キタダケソウ

和彦は山梨県早川町《はやかわちょう》奈良田《ならた》の駐車場に夜半に着き、車の中で仮眠し、五時半発の南アルプス広河原《ひろがわら》行きのバスに乗った。

バスは野呂川《のろがわ》を挟んで、両側が切り立った渓谷の中腹に貫かれた、蛇行する専用道路を十人にも満たない登山者を乗せ、一時間弱で広河原に到着した。

広河原から北岳に登り、間ノ岳、西農鳥岳、農鳥岳と縦走し、大門沢《だいもんざわ》を降り、奈良田に戻るコースを取った。

最初は単調な樹林帯の登りが続き白根御池《しらねおいけ》小屋へ二時間弱で到着する。

小屋の脇にある草スベリ分岐を右手にやり過ごし、平坦な道を三十分ほど進むとバイオトイレのある大樺沢二俣《おおかんばさわふたまた》。

ここから右俣《みぎまた》コースを小太郎尾根《こたろうおね》の稜線に向けてさらに登る。

ここからは急登になる。

大樺沢雪渓と北岳

しかし花が咲き始めているのでゆっくりと愛でながら歩く。

キバナノコマノツメ、シナノキンバイ、ヤマザクラ、ハクサンチドリ。

やがて、北岳の山頂が左手に姿を現し、一時間半ほどで雪田《せつでん》に着いた。

ここが右俣コースの中間点だ。ダケカンバが多いのだが、まだ小さな若葉だけで、日差しを遮《さえぎ》ってはくれない。

残雪の上を渡る風のなかで涼んでいると、三人のパーティーが下りてきた。

キタダケソウは満開で、稜線からは甲斐駒《かいこま》や仙丈《せんじょう》がよく見えたそうだ。

さらに九十九折《つづらお》りを登って、最後に丸太の階段を登り詰めると稜線に出る。

小太郎尾根分岐の標識が立っている。

残雪が多い。

稜線を通過して、やがて北岳肩《かた》の小屋《こや》に着いた。

標高三千メートルに到達。

空気が薄く少し息切れする。

十一時半になっていて、昼食をとる。

とはいっても山では朝、昼はあまり食べない。

今日も行動食だけで、アミノ酸のサプリメントとひし形のチーズ一個、ゴマ煎餅《せんべい》一枚、リュックサックに入れてあるハイドレーションのストローからスポーツドリンクを飲み、十分もかからず、ランチは終わる。

もう少し休憩を取りたいので、ゆっくりと展望を楽しむ。

梅雨の晴れ間を狙ってきたのでとりあえずここまでは、快晴とはいかないが、そこそこの天候で風も弱い。

遠望《えんぼう》は利かず、仙丈や甲斐駒ぐらいしか見えない。北岳の山頂は見える。

テント場は雪に埋もれ、地肌は崖側だけだが、二張《ふたはり》ほどある。

まだまだ、ザレ場の登りだ。

しばらく行くと西側に下る両俣小屋《りょうまた》への分岐で、通ってきた肩の小屋が下に見える。

ここからは緩いアップダウンを繰り返し、小ピークを回ると山頂に着いた。

三千百九十三メートルは富士山に次ぐ高さだ。

天を衝《つ》く角《つの》のようなピークとそれを支えるどっしりとした山麓が、哲人的で高潔だと、「深田久弥」は評している。

しかし、女流作家はこの山を陰惨な殺人事件の舞台にしてしまった。

やはり、晴れてはいるが展望は今ひとつ。

甲斐駒・仙丈・鳳凰《ほうおう》は見えたが、南の間ノ岳は雲の中。

富士山や中央アルプス、八ヶ岳《やつがたけ》は見えない。

このコースは四年前の秋に逆ルートで歩いている。北岳は広河原からのピストンも含めると三回目だ。

前回も通過が昼前後だったので、同じような展望だった。今日は北岳小屋に泊まるから、運が良ければ夜明けのモルゲンロートを望める。

あまり風がなく、のんびりしていても熱いくらいだ。これなら残雪がかなり融けるだろう。

しかし、天気次第だし、日が落ちれば冷え込む。

山荘は近いが、キタダケソウの自生地に寄り道するので、あまり長居をせずに下り始める。赤みを帯びた岩の稜線に白い花びらで黄色い蕊《しべ》の花が咲いている。キタダケソウかと思ったが、ハクサンイチゲ。キタダケソウの葉はパセリのように手のひらみたいに葉先が分かれているが、イチゲは尖った葉をしているのだ。

十五分ほど下り、八本歯《はっぽんば》のコルへの分岐に着いたが、ここで山荘への道をとらずに、八本歯コルの道へ下る。

キタダケソウの自生地があるからだ。しかし結構な残雪である。

分岐から引き続きザレ場を、雪を避けながら慎重に下っていく。

さらに少し下ると、今度は山荘へのトラバース道にでる。

この分岐を山荘に向け右折し、十メートルも行くとキタダケソウが花壇のように、可憐に群生している。

夫婦だろうか三十歳代位のカップルの先客がいて、カメラを抱えている。

キタダケソウ

和彦もロープが張ってあるそばでザックを降ろし、何枚も撮影する。

間ノ岳がバックに見えるはずだが、残念ながら雲の中だ。

間ノ岳は奥穂高《おくほたか》と並ぶ日本三番目の標高で、長い稜線と山頂、山稜ともに広大で、東面にカールを抱く。

この山は一万二千年位の昔には、日本で一番高い山だったらしい。

その後富士山が火山爆発で成長し、抜かれ、さらに山頂付近が地すべりによって数十メートル程度標高が低くなってしまい、北岳・奥穂高岳に、標高差がわずか四メートルと一メートルで抜かれてしまった。しかし、最近の測量で一メートル高くなり三千百九十メートルとなった。

また山の名前も北岳と農鳥岳の間にあるから、間ノ岳という、何とも安易な命名なのだ。

農鳥岳は、春に山頂東面に白鳥の形の残雪が現れ、それが苗代《なわしろ》への種撒きの時期を示すから、この山名がある。

しかし、似たような形の残雪は間ノ岳にも現れるため、明治時代までは現在の間ノ岳が農鳥岳と呼ばれた時期もあったようだ。

間ノ岳は、昔は良かったのになぁ、と嘆いているに違いない。


先客も北岳山荘に向かったようだ。

しっかり撮影できたので、満足して、小屋に向かう。

十メートルほど行くと、岩場や崖が続くので木材・鉄板で棚状に足場を組んだ桟道《さんどう》になる。

傾斜があれば鎖・ロープが桟道に垂れ下がっている。

所々雪が、溜まったり、岩壁に張り付いている。

空は雲が厚く霧が動いていて、山頂も見え隠れしている。

また現れた桟道は十五メートルぐらいあるだろうか、丸太の梯子《はしご》につながり、左斜め上に伸びている。

極力山側に身を寄せてゆっくり歩く。

桟道が切れると大きな岩に挟まれた狭いスペースを段々に上がり、すぐに下がる。段差が大きくしかも一定ではないので、足を運ぶのに時間を食うが、ゆっくり慎重に降りていく。

スペースを抜けるとまた桟道だ、三つめだろうか、組まれた足場が谷側に少し傾いている。七～八メートル渡りきると、それまで、緩い下りだった道が、少し登りになり、鎖場だ。

取りつこうとしたら、上の方でガラガラというような音がした。

左に斜行していたので、右上の、少しオーバーハングした岩を見上げると、何個かの長円形や長方円錐《えんすい》形の岩石がその上から落下してくる。

咄嗟《とっさ》によけようと、崖に身を寄せたが、三、四個目の岩がザックと肩の間に当たった。反動で頭にも少し当たった。

ゆっくりと体が谷側に倒れていく。

リッジに沿って落ち始め、垂直ではないので、ホールドしようと、岩に手を伸ばすが掴む間もなく転がる。

バウンドし、加速がついて落ちていく。

十一・中学

中学では和彦は卓球部に入ったが、クラブ活動らしきものはなく、放課後に体育館の隅に卓球台を組み立て、部員の何人かとしばらくピンポンをして帰るだけだった。

英語と社会の授業は気に入って勉強した。

社会では、特に地理が面白く、日本や世界の町にも興味がわいた。

一年の二学期の試験では、社会で満点をとった。

答案用紙が返され、隣に座っていた谷村正一に、和彦は何気なく、点数が見えるように、机の上に広げた。

点が取れない時は、答案を折り返して、得点を隠すのだが、自慢したくてわざと見せた。

小学校のテスト風景

坊主刈りで、栗のように丸い顔をした、中一なのにもう大人並みの身長になっていた谷村正一は、眼鏡の縁を指でつかみながら、和彦の答案を覗きこんだ。

「おおーっ、満点じゃや、なまらいいんでないかい！　なしてさぁ、調子こいてるべぇ」

「なしてじゃないべ、実力だべや」

「あやつけるんでねぇ、鼻くそわりぃべ。満点取るのゆるくないしょ」

「なんもなんも、覚えればとれるっしょ」

「はっちゃきになっても、全部覚えらんねぇべや」

まわりの同級生も、気が付いて、聞き耳を立てている。

「覚えられるべ、コツがあるっしょ」

「コツ？　すったらもん、知らん」

「教えてやっか？　うん？　なした？」

「なんも、はんかくせ」

「おまえ、何点だ、見せろ。できもしねで、みったくねべ。教えてやっか？　あやつけんでねぇ」

「お、教えてくれ」

「なんだそれ、教えてくれでないべ、だべー」

「なした？」

「人に教わるんだべさ」

「わかっだ、お願いします、教えてください」

「うんま、いたましいけど、教えっか」

「いいふりこいてねえで。どうすんだ」

「ノルウェーの首都はどこだ？」

「う、えーと、オスロか」

「ベルギーは？」

「ブリュッセル」

「フィンランドはヘルシンキ、いいか、ノルウエーのウエの次は何だ？」

「ウエの次？」

「ベルギーのベの前は？　フィンランドのフの次は？」

「へ？」

「アイウエのウエの次はなんだ？言ってみろ」

「アイウエオ？　オ？」

「そうだっぺ、だからノルウエーオスロだべさ、べの前はブ、フィの次はへ」

「あつあー、これはいいっしょや、すぐ覚えるべ」

「わかったか、したらスウェーデンは？　デンマークは？」

「おおーっ、スでストックホルム、クでコペンハーゲンでないか、すげえべ。そうか、フランスはパリ、ハ行だな。ちょっと待て、スペインは？」

「スペインはマドリード」

「どやって覚えるんだ？」

「もう覚えたべ？　覚えたらもういいべ」

「えーー！」

谷村正一には社会科の次の試験で負けてしまった。


やがて、また長い冬が来て、駆け足の春が来た。二年のクラス替えで、佐川宏子とも別の組になっていた。

和彦は社会科にもあまり熱が入らず、成績は次第に落ちていた。

小学校から一緒だった通学仲間とも、今は一緒ではなく、ひとりで行き帰りすることが多くなっていた。

短い夏が過ぎ、秋になる。

フナ釣りにもあきて、庭に立つシラカバの薄く黄色味を帯びた白い外皮が、紙のように剥《は》がれるので、一人でむしった。

背の届くところだけでは飽き足らず、梯子をかけ、手の届くところを全部剥いでしまって、君子に叱られた。

四回目の冬がやってくる。いつもの通り十月下旬に初雪が降った。そして十一月に入り、根雪になる雪が降り始めた。

二年で同じクラスになった、長山《ながやま》という、体格のいい、色黒の男子と、つまらないことで喧嘩をした。

殴り合いにはならなかったが、和彦の引き際の捨て台詞《ぜりふ》が彼を怒らせた。

長山は普段から気の弱い同級生を子分にして連れ歩いていた。

何かあれば言いがかりをつける。

和彦がそれを無視するようになり、敵対することがさらにエスカレートした。

長山には愚連《ぐれ》ている怖い兄がいるという噂だった。

十一月の末に体育館の裏に呼び出された。三人の子分も一緒だった。

子分の中には、人がいいだけの気弱なクラスの委員長もいた。

彼は長山に狙われて、言われるままに子分になっていたが、実際はいじめられているだけだった。

長山は、「四人とも気に入らない、お前らは生意気で、態度が悪いから、焼きを入れてやる」と言った。

一方的な言い草だと、和彦は思ったが、怖くて何も言えず黙っていた。

長山は、

「気に入らないから全員を殴るぞ、文句があるなら言え」

となった。

だれも答えない。

「文句はないなら、ないと言え」

とさらにどすをきかせた。

委員長が、ありませんと答えた。

「よし、おまえらがいいといったんだから言いつけたら承知しないぞ」

と四人を見まわした。

四人ともわかりましたとこたえた。

一人二発ずつ、強いビンタをくらった。

長山は興奮し、浅黒い顔のぎょろっとした眼がさらにギラギラしていた。

「今日はこれで許してやるが、これで終わりじゃないぞ」

といって出て行った。

四人は何も言わず、教室に戻った。

和彦は喧嘩したことが、彼の引き金を引いたのだろうかと考え、そのうち気が済むのだろうか、このままずっと続くのだろうかと不安だった。

一週間後、また呼び出しがかかった。放課後に町はずれの倉庫跡に来いという。

技術家庭の木工実技の最中に、呼び出されたことで気が散り、鑿《のみ》で左手の中指の先を切った。

爪の先を切り落とし、指先の皮も切って、薄皮一枚でつながっていた。

ひどく血が流れた。

痛かったが、呼び出しのことの方が気になった。

しかし、治療中に君子が迎えに来て、そのまま家に帰り、倉庫跡には行かなかった。

指先の痛みと長山のことで眠れなかった。

十日ほどたち、また町はずれの倉庫跡に呼び出された。

「焼きを入れたが、態度が悪い」

という。

何と答えればよいのかわからないままに、早く終わってくれればいいとだけ和彦は願っていた。

「今日は、お前が殴れ」

といって委員長を指差した。

彼は、少しだけ間をおいてわかりましたと言った。

そしてほかの三人を遠慮がちに二発ずつ殴った。

あまり痛くなかった。

それを見ていた長山は、

「やり直せ」

と言った。

今度は、痛かった。

最初に殴られた子がやはり指示されて、逆に委員長を殴った。
これが続くのだろうかと怯《おび》えていると、
「お前は帰れ」
と和彦だけ先に帰らされた。
一人で、厚い雲が垂れ込め暗くなりかけた道を夕闇から逃げるように走って帰った。
翌日、委員長にそのあとどうしたのか聞いた。
何も言わないので、他の子に聞いた。
町の大きな食料品店に行き、言われるままに菓子を万引きしたとのことだった。
どうなってしまうのか。
だがもうすぐ冬休みが来る。
これでしばらくは何もなく、そのまま終わってくれればと思った。
呼び出しはないまま二学期が終わった。
終業式の翌日に、信一郎が急に札幌へ転勤することになった。
年内に引っ越さなければならないという。和彦はこれで、逃げられると思った。

しかし、この町から離れることは、また未知の土地に行くことになる。

また一から始まるのだ。

わずか三年で別のところへ移り住む。

新しい学校では、知らない同級生とまた過ごす。

和彦は長山から逃げられることに喜んでいいはずなのに、涙が止まらず、二階の二段ベッドにもぐりこんで泣いた。

君子が中学に行き転校の手続きをした。

年内は登校日もないのでもうみんなには会えない。

引っ越しの前の日、福山健太が家に来てくれて別れの挨拶をした。

十二．遭難

転落した和彦は気を失っていたが、寒くて体が震え、気が付いた。

口の中は血の味がする。鼻血か、口内を切っている。

リッジを転げ落ちる途中で、狭いルンゼにはまり込み、落下が止まって、即死は免れた。

とはいっても岩壁に縦にえぐれた溝であるルンゼは落石の通り道だ。

さらに残雪もあり、雪と岩の間に縦に挟まれたような姿勢になっている。

ザックの肩ベルトが岩の尖《とが》った頭に引っかかっている。

外れたら、岩につかまるか、左右の手で十字懸垂《けんすい》をしなければずり落ちる。

直下は切れ落ちているので覗けない。

両側もよく見えないが長い一枚岩スラブのようだ。

トラバースも無理だろう。

周囲には濃い霧がかかり、二十メートルも見えない。

右足と左肩と左側頭部が痛い。

手袋をしていた右の中指も、折れているようだ。

縮めたストックが二本、ザックについているので、取り出して、伸ばし、左右の岩のエッジと割れ目に挟み込む。

何とか肩ベルトが外れても確保はできるか。

このままでは身動きが取れない、ザックの中身も使えない。

ズボンのベルトを外し、ストックと体をつないで、慎重にザックから体を抜く。

四～五メートル左下に狭いが座れそうなテラスがあるが降りるのは無理だろう。

乾いたカンという音と湿っぽいザァーという音が上から落ちてくる。

落石がそばを通り過ぎる。

あわてて、ザックを岩壁に押し付けてその下に体を隠す。

漸く携帯電話を思い出しあけるが、やはり圏外だ。

メールの文だけでも作ろうかと打ち始める。

夜になればラジオのように電波が飛ぶのだろうか。

しかし、激痛が襲って、息が詰まる。

身動きせず何とか痛みをやり過ごす。

メールはあきらめ、冬用のアウタージャケットを取り出し、手こずりながら、何十分もかけて袖を通す。

十九時を過ぎた。暗くなっている。

北岳山荘には予約を入れてあったが、気づいてくれるだろうか。

晴れていれば山荘の灯りが見える。

ヘッドランプを出して、点滅させ遭難信号を送れば、助かるかもしれない。

曇っていなければ、遅い登山者に届いたかもしれない。

しかし、今はもう誰も通るわけがない。

とにかく、朝まで生き延びるしかない。


和彦は、寒さに震えながら、ぼんやりと去年の同窓会のことを思い出した。

谷村正一が幹事で司会をしながら、彼の過去何十年かの出来事をみんなに話していた。

卒業した後、町を出て、広島や名古屋、東京など何カ所かで働いた。

ずっと独身で、やっと七年前に結婚したので、子供はいない。

独身時代は金がたまると海外旅行をした。

二十二回も出掛けたという。

ノルウェーもベルギーもフィンランドもスウェーデンも、デンマークも行ったらしい。

日本各地で働いて、今は北海道に戻り小さな設備会社の社長になった。

それまでは苦労したらしい。

十五名程度の社員の会社だが、トップに立って仕事をすることは大変だし、やりがいもあるという。

和彦は親しかった幼《おさな》馴染《なじみ》の出世を心から喜んだ。


和彦も、前に立って挨拶をした。

だが、平凡を絵に描いたような生活だったから、「きっと聞いているうちに眠くなっちゃうよ」と前置きをして、それでも十分位は喋《しゃべ》った。

まるで初対面の人に話すようだった。

あまりつまらないので、司会の谷村正一が、女性陣に「山口君のことを好きだった人は手を挙げて」と茶化《ちゃか》した。

二人の手が上がった。


二次会の会場まで行くのに大通り公園を通った。

噴水を眺め、ライラックやケヤキの間を歩いた。

弱い夜風が心地よかった。

カラオケを聞きながら、一人ずつと話していくうちに、昔の面影を何人か思い出した。

散会になって薄野《すすきの》の路上で、みんなと別れた。

佐川宏子と手を握って別れようとしたが、握った手を離せなかった。

彼女も離さなかった。

あまり長いので、周りが呆《あき》れて、谷村正一が、声をかけ、それぞれが漸く散って行った。

和彦は、薄野の夜、二人きりで、もっと話す時間があったのに、何故そのまま帰ったのだろう、声をかければよかった、と思った。

雪が残るルンゼは昼間、滴《したた》り落ちていた水が、また凍っている。

冷え込んで、落雪は止まっている。


今日の演出家はいよいよ和彦の舞台に幕を下ろそうとしているのだろうか。


和彦は小六になってから、佐川宏子の家に遊びに行った。

西尾麻紀子と一緒だった。

トランプをして、よく知らないゲームだったので、最初はずっと負けた。

二人はコロコロと何度も笑った。

宏子の家にはピアノがあり、以前から練習していたらしいモーツアルトのトルコ行進曲を弾いてくれた。

スタンドピアノの鍵盤に向かっている後ろ姿とフォルテのメロディを思い出した。

行進曲のリズムが心臓の鼓動のように体に響く。

しかし、繰り返すメロディのなかで、次第に眠くなっていく。

気持ちが良い。

透き通ったキラキラしたリズムが刻まれている。

導入部のメロディが終わり、ダ、ダ、ダーンと展開していくと、少し覚醒《かくせい》し、凍死の話を思い出す。

北海道では、冬、酒に酔い歩いて帰る途中、そのまま雪の中で寝込んで凍死する人が毎年何人もいる。

気持ちが良いのだと聞いた。

眠ってはいけない。

足を動かせば痛いので目が覚める。

このまま、眠れば死ぬかもしれない。

夜明けが早いから、もうすぐきっとモルゲンロートだ。

眠ってはいけない。

死んだら、家族はどうするだろう。

ちゃんと生活していけるだろうか。

遺言らしきことは何もしていない。

利尻は、きっとお花畑がきれいだろう。

夏だから、バイクも島にたくさん来てるのだろうか。
もし死んだら葬式は何処でするのか。
音信が途絶えて同窓会に来ていなかった福山君は見つかったのかな。
トルコ行進曲が繰り返し響く……。

十三．生還

八本歯のコルから山荘へのトラバース道で和彦と通りかがりに、挨拶がてら、キタダケソウの感想を交わした夫婦連れの登山客は、早々に小屋に到着していた。

二人は夕食までは外で寛《くつろ》ごうと思っていたが、部屋に入ると夫の方は、途端に気分が悪くなり、妻が何か話し掛けてきても応《こた》える気力がない。

軽い高山病かもしれないので、本当は、話でもしていた方が良いのだが、そのまま寝てしまった。妻も休んでいた。

五時半に夕食の準備ができたという小屋番の声で目覚め、食堂に行った。

北岳山荘と北岳

食事はご飯と味噌汁、カレイの煮付、肉と隠元《いんげん》のカレー炒《いた》め、ポテトサラダ、味噌蒟蒻《こんにゃく》、佃《つくだ》煮《に》、漬物、オレンジと比較的豪華なものであったので、元気が出た。

ロビーで食後のコーヒーを飲みながら、窓際の本棚に置かれていた何年か前のコミックを読んでいると、受付の若い男性が、二人に話しかけてきた。

「今日は、広河原からでしたよね。途中の道はどうでしたか？」

「結構まだ雪がありましたね、二股から肩の小屋経由なので、軽アイゼンは使わなかったけど。頂上から八本歯のコルへ降りる途中のキタダケソウをみてから、トラバース道を来たけど、きれいだった」

「そう、ほんとに素晴らしかったわね」

「そうですか。途中で、単独行の男性を見ませんでした？　やはり広河原からの。たぶん年配だとおもいますが…」

「え、いたっけ？」

「一人いたじゃない、あなた、覚えてないの。肩の小屋で抜いて、山荘へのトラバースに入ったところで、追いついてきてまた会って、ちょっと挨拶したけど、写真を撮ってたので、先に来ました。横浜からって言ってましたよ。そういえば、今日山荘に泊まるって言ってたわよね？

テント泊かしら？」

「まだ着いてないんですか？」

「昨日、広河原から行くと予約があったので……。すいません、ありがとうございました。何もなかったですよね？」

「声とか物音は聞いてないです。融雪で結構落石はあったけど」


小屋番たちは、八本歯のコルへ下る道をトラバース分岐まで来て、小屋と逆方向へ降りるエスケープルートをとる訳はないと考えた。

登山道で倒れていれば時間からいって、必ず後続者が見つけただろう。

滑落か道迷いと思われ、小屋ではとりあえず、南アルプス署に連絡をとった。

警察は広河原のアルペンプラザに提出されていた登山届を確認し、遭難救助の態勢をとった。

この時期の日の出は四時半頃なので、県警のヘリも視界が良ければ、早い時間から捜索できる。

和彦は冬用のアウターと非常用のツェルトをかぶって、寒さをしのいでいた。

眠ってはいけない、と思っても、怪我と出血のうえに、岩壁にしがみついている疲労で、睡魔《すいま》が襲ってくる。

いつしか寝込んでは、痛みと恐怖で覚醒し、夢うつつで朦朧《もうろう》とする。

幸いあまり風がない夜だったが、時折《ときおり》は寒風がツェルトを叩く。

傷ついたレコードが同じ溝を何度も鳴らすように、トルコ行進曲の太鼓のような連打が繰り返し耳に響く。

やがて、眠り込んでいた耳に何十回目かの連打が、一段と大きく響く。

それまでのリフレインとは違って、高低のない連打が次第に大きくなる。

バリバリという単調な繰り返しだ。

頭の中で響いているはずの連打が、移動している。

目が覚めて、ツェルトをまくり、朝焼けの空を見上げると、音のする方でヘリがホバリングしている。

ツェルトの端をもって、左右に旗のように振る。

ヘリが気が付いたようだ。

二十～三十メートル位の高さに接近して、こちらを見ながら黄色いヘルメットの救急隊員らしき男がハンドスピーカーで何か言っている。

助かった。


搬送《はんそう》されながら、遭難の状況を聞かれた。

落石でバランスを崩し、ルンゼの岩にザックの肩ひもがかかったらしいことを話すと、リーダーらしき人が、落ち着いた口ぶりで、

「幸運でしたね、珍しい、まずほとんどのケースは落下しますが」

と少し訝《いぶか》しげに言った。

「装備にも助けられましたね、ただ残雪がある時期は、落石が多いので、……」

何か言いたげだったが、和彦の顔を見直して、ヘリの爆音に紛れて言葉を切った。

右足の脛骨《けいこつ》にひびが入り、右中指の基節骨《きせつこつ》という掌につながる所が折れていて、右手の薬指と人差し指の骨にもひびが入っている。

左肩と左側頭部は打撲と創傷《そうしょう》、頬と口と鼻の中も何カ所か、切れていた。

南アルプス市の救急病院に四日ほど入院し、自宅の近くに転院した。
移動の車から、南アルプス鳳凰三山《さんざん》の峰が見えた。
地蔵《じぞう》ケ岳《がだけ》のオベリスクが屹立していた。
病床で、遭難のことを反芻《はんすう》した。
退院してから、通院を重ね、旧盆を過ぎる頃、ほぼ治癒《ちゆ》した。

十四．再び同窓会

ちょうど一年が経過し、今年は札幌ではなく、あの町で、同窓会が開かれる。

和彦は生還した後、佐川宏子に短い連絡を送った。

北岳で落石に会い滑落したが、幸い軽い骨折と打撲などで済んだことと、同窓会には出席できることだけを書いた。

彼女からもワープロ打ちの簡単な返事が来た。無事でよかった、再会を待っているという内容だった。

それまで、手書きだったのがワープロということは、苦手と言っていたPCを勉強したのかと、和彦は考えた。


前年の帰路にたどった、町から横浜へのルートが今年は往路である。

事故の前には大雪山《だいせつざん》系か、知床《しれとこ》の羅臼岳《らうすだけ》あたりに登ろうと考えていたが、さすがに今年は見送った。

昼を挟む時間帯の飛行機で旭川に着いた。

少し気温は高いが、湿度がなくさわやかな空港には、大学生のグループや若いカップルがいる。

夏休みが終わり小・中学生連れはいない。

就学前の子供を連れた若い夫婦連れが遅い帰省だろうか、老親らしき年配の迎えを受けている。

バスで駅まで行き、ディーゼル列車を待つ。

淡いグレー地に薄い緑色の帯と細い水色の線を胴体につけた、二両編成のワンマンカーがホームにやってきて、ゆっくりと始発までの時間を過ごし、漸く走り出す。

峠を越えて、盆地に入り、昨年の風景がまた見える。

逆方向とはいえ、一年前に乗っているので、町の駅に着くまでの時間は短く感じる。

宿に荷物を置き、会場までゆっくりと歩く。

昨年、案内してもらった羊の丘が、通りから望める。

日が傾きかかっていて、まもなく宵《よい》が来る。

和彦はこの一年間は何だったのだろうと考えた。

人生が進んでいるよりは、むしろ昔へもどり始めたのではないか。

現実の生活とは別の、記憶でしかなかった過去が、次第に今の生活の中に領域を占め、増殖《ぞうしょく》している。

去年までは、歩いたことのないルートを進むように、暮らしてきた。

この一年は、登ってきた道を下るように、もう二度と戻ることはないと思っていた場所へ歩んでいるのか。

こうして同級生と何度か再会を繰り返しながら、気持ちは昔に戻り、身体は老いて、やがて朽《く》ちるのだろうか。

操車場で編成のために、走りながら連結を外された貨車が、惰性《だせい》でレールを滑っていくように、時を過ごし、やがて停まる。

歩いてきた道を戻り、甦る思い出を楽しめばいいのだろうか。

会場に着くと何人かがたむろしており、その中の谷村正一が気が付いて、和彦が歩み寄るのを待たず、目の前に来た。

「山口君、佐川さんがナクナッタ」

ナクナッタ？

何のことか理解できない。

来なくなった？

今日は欠席か。

「なんと、昨日、札幌の病院で。

子宮癌《しきゅうがん》だったそうだ。

発見が遅く、転移していて手の施しようがなかったらしい」

ＰＣの漢字変換に時間がかかるように、漸く「亡くなった」という文字が、浮かんだ。

和彦は「えっ」といったまま、谷村正一と西尾麻紀子が畳み掛けるように話す、発病や入院や死去のあらましを聞く。

「ちょっと体調が悪いとは聞いていたのよ。入院していたのは知らなかった。

電話をすると、すぐには出ないで、いつも返信はあったけど。

なにも詳しいことは言わなかったのよ、大丈夫と言うばかりで」

「四月の下旬にわかって、すぐ手術して、家に戻っていたけど、また一ヵ月位入院していたらしい。

今回は同窓会の幹事はやってなかったので、僕も連絡は取っていなかった。

出席予定の返事は来ていたけど」

「昨日息子さんから電話があったの、亡くなったと」


同窓会は言葉少なく始まり、やがて病気の話や他の物故者《ぶっこ》の話が繰り返され、哀惜《あいせき》の言葉に包まれながら終わった。


西尾麻紀子が通夜・告別式の日程の連絡を受けていた。

和彦は出席を一瞬逡巡《しゅんじゅん》したが、遺族が本人から預かっているものがあるので、良ければ参列してほしいとのことだった。

一年前の同窓会の時、彼女は、自分の子供たちに和彦のことを話していると言っていたのを思い出した。

「小学校と中学校で、こういう人と一緒で転校した後、文通もしていた。どんなところが好きだった、と子供たちに話したのよ」

宿への帰り道、グリーンベルトの通りを歩きながら、道《みち》端《ばた》のコスモスをぼんやりと眺めた。

濃淡のピンク、白、黄色の花が闇の中で咲いている。

まもなく紅葉するだろうナナカマドが、コスモスを守るようにそばに立っている。

ナナカマドは、「慎重」という花言葉だ。

コスモスの花言葉は「乙女の真心」「美麗《びれい》」。

二つともこの町の木・花に指定されているから植えられているのだろう。

咲き誇るコスモスが、北の町では早い秋冷《しゅうれい》によって、直ぐに散っていく。あと何日咲いているのだろう。

彼女は体調を崩し、亡くなるまでどうだったのか。

致死的なステージであったことは知っていたのか、余命《よめい》告知は聞いていたのだろうか。

コスモス

死を悟ったとき何を考えたのだろう。
和彦自身も北岳で遭難した夜、死を覚悟した。
しかし、生還した。
彼女は逝ってしまった。

和彦の母、君子も佐川宏子とほぼ同じ年齢で、癌で死んだ。
君子は六年の闘病の末亡くなった。
終末になって、一人部屋に移され酸素テントを被せられた君子が自らの死を察知して、
「私は死ぬのね」
と和彦に呟いた。
あの時の君子の表情が甦った。
彼女も同じように、悲しい覚悟を誰かに打ち明けたのだろうか。

十五. 手紙

告別式は札幌の広い斎場《さいじょう》で行われた。

一年の一番終わりに咲くことから「窮《きわ》まる」が語源という菊。

周りを埋めるその花のように色白の顔に合掌した。

出棺《しゅっかん》を待っていると、彼女の長男が和彦に挨拶しながら、手紙を渡した。

彼女の夫もそばに佇《たたず》んでいる。

「母が、私が死んだら、山口さんに渡してくださいと書いたものです。読んでいただけますか。自分では体力がなく書けなかったので、私が聞き取ってＰＣでうちました」

前略
お怪我はもうよくなりましたか。

大変でしたね。

この手紙を読まれている時には、もう私はあなたとお話しできないと思います。皆さんともうしばらくは、楽しく過ごせると思っていたのですが、急に病気になってしまい、残念です。

でも、最後になった同窓会で、あなたに再会できたのでよかった。そのあとも、何度も手紙をくれて、ありがとうございました。昔に返ったようでした。

ただ、お返事では、ちゃんとお伝えしなかったことがあるような気がしましたので、あらためて、書きます。

少女の時の愛慕は大人になり生活が変化しても、忘れ得ぬ思いとして、時として甦り、いたずらな悩みとなることもありました。

私は片思いだと思っていました。

私が進むと、あなたは遅れてついてきてくれたようでしたが、私には冷たいあなたと思えて、仕方がなかったのです。

思い出は、少女の時の健気な気持ちで一杯でした。

突然、北の町にやってきて、友達もできずあなたは辛かったのですね。

誠実で正義漢のところだけではなく、何故か、悲しんでいるときのあなたも、私は好きでした。

あなたの悲しみに寄りそうことができればと、私は思っていましたが、あなたは現れた時と同じように、また、突然去ってしまいました。

少女の私にとって、あなたは秘めた思いの人で、その時の私は、永遠にあなたのものになりたかった。

でも年月を経た今は、あなたとの出会いと別れは人生の中の切り取られた瞬間になり、まるでかるたの一枚の絵札のようです。

あなたは私にちょっと悲しいけれど、きれいな絵札をくれました。

あなたも読み札は違うかもしれませんが、私の描《か》かれた絵札を持っていてください。

そしてたまには、眺めてくださいね。

私は結婚して、良い夫と可愛い子供たちに恵まれ、幸せな人生を送りました。貞節という言葉が持っている、控えめな愛情ではなく、家族を心底愛し通すことができたことに、私は喜びを感じています。

ですから、大丈夫、私は他にも楽しい絵札をたくさん持っているから、悲しんでばかりではありません。

山にも紅葉の京都にも行けなくてごめんなさい。

登山は本当に気を付けて、家族を悲しませてはいけませんよ。

さようなら、お元気で。

かしこ

山口和彦様

佐川宏子

長男は読み終えた和彦に言った。

「母は、今まで一期一会で接してきたたくさんの人に、感謝の気持ちを伝えたかったようです。『山口さんにも、ありがとう、と言って』

とことづかりました」

四歳位の孫と思《おぼ》しき男子が、父の腰に手を回し、和彦をじっと見ている。

和彦は頭を撫でた。

「いい子だね、元気を出すんだよ」

何も言わず和彦を見上げ、小さく頷《うなず》き、若い母親のもとに小走りで駆けていった。

黒塗りの車が、ディーゼル列車の汽笛に似た、長い警笛を鳴らした。

十六．リイシリ

二週間ほどして、和彦はまた利尻山に登った。

昨年同様の小雨模様のなか、登山口をスタートし四合目あたりにつくと、ツバメオモトが今年も、実を付けている。

しかし、ラピスラズリのウルトラマリンブルーは、もう濃い黒みがかった紫に熟し、小さな水滴を付けても、宝石のようには輝かない。

ガレ場に手こずりながら、ゆっくりと、登る。


人生が昔へもどり始めたのではなかった。

現実の生活とは別の、記憶でしかなかった昔は、今の生活に領域を占めることはない。

同級生との再会は、過去への旅に誘うが、置き去りにした昔はもう取り戻せない。

彼女の言うように、時は過ぎ、切り取られた一瞬が絵札で残っている。

山頂に着くと、北西からの風が強くなった。

嶺《みね》を隠していた雲が渓流の水のように、次々と流れていく。

切れ間からは、鴛泊の港とペシ岬が望める。

さらに、風は雲を払い、ノシャップ岬からサロベツ原野、天塩《てしお》、遠別《えんべつ》と大地が広がっている。

もう初雪が降ってもおかしくない利尻山は、佇んだままの和彦の体を冷やしていく。


山は青く深い海から、屹立し、凛々《りり》しくどっしりと独りで座っている。

リイシリは、人々と自然を見守って、たくさんの恵みを与えてきた。

輝く太陽はそんなリイシリと海と大地を照らしている。

夜が来れば、煌《きら》めく星の下で、闇に包まれ眠りに就く。


やがて、絵札を携えて旅立つ時が来る。

リイシリのように、見守り、恵みを与え、最後には心の喜びを感じて旅立てるだろうか。

それまでゆっくりと歩いていけるだろうか。

風が雪を運んできた。
両手の親指と人差し指でつくった長方形のフレームを、群青色の空にかざすと、あいたばの風に散る桜のように、初雪が舞っている絵札ができた。

〈了〉

出典元

●表紙　Fotolia　作者：buttchi3
タイトル　晴天の礼文島　利尻富士を望む

●裏表紙　北海道天塩郡豊富町豊徳　民宿あしたの城　川上由貴子さん提供
タイトル　稚咲内海岸から望む利尻島の夕景
http://sarobetu.info/sunset/sunset16/0806e-w300.jpg

●七ページ　著者の写真
タイトル　ペシ岬

●十四ページ　「北海道そのへんの花」
タイトル　エゾカワラナデシコ
http://hhana.biz/photod.php?hana=147

●十五ページ　環境省ホームページ　「日本の国立公園」
タイトル　リシリブシ

https://www.env.go.jp/park/rishiri/photo/2/b01/b01_p012.html

●十八ページ　環境省ホームページ「日本の国立公園」
タイトル　イブキトラノオとローソク岩
https://www.env.go.jp/park/rishiri/photo/assets_c/2014/10/b03_p004-thumb-640xauto-64429.jpg

●二十ページ「蔵王の山から(WIND From Mt.ZAO)」
タイトル　ツバメオモトの実
http://blog.goo.ne.jp/tel023/m/200508

●二十三ページ　著者の写真
タイトル　フェリー「ボレアース宗谷《そうや》」と利尻山

●三十ページ　環境省ホームページ「日本の国立公園」
タイトル　礼文島春の桃岩展望台
https://www.env.go.jp/park/rishiri/photo/1/a03/a03_p006.html

●三十六ページ　月刊クォリティ三月号
タイトル　貯炭式ストーブ

●四十二ページ　「利尻の方言かるた」著者 佐藤　萬《まん》　かるた絵 工藤　英晴　編集・発行 若西カナ子
写真は著者撮影

●五十六ページ　「駅逓馬車 屯田兵制度についての話」
タイトル　屯田兵屋
http://blogs.c.yimg.jp/res/blog-52-76/vrantey/folder/141721/47/2432247/img_2?1387353463

●六十一ページ　著者の写真
タイトル　尾瀬沼の夕景

●六十六ページ　「ベランダで楽しむミニ盆栽」
タイトル　吾亦紅
http://www.e-bonsai.org/photo/kusa/waremokou/a/a.jpg

●六十九ページ　「趣味の花紀行・四季の花」
タイトル　杜鵑草
http://honeyplaza.fc2web.com/myphoto/hana/11/hototogisu071107-010a.jpg

●七十九ページ　「ウィキメディア・コモンズ（Wikimedia Commons）」
タイトル　緋鮒
https://upload.wikimedia.org/wikipedia/commons/thumb/2/25/Common_goldfish.JPG/800px-Common_goldfish.JPG

●八十九ページ　月刊クォリティ十月号
タイトル　農作業風景

●九十六ページ　ウィキメディア・コモンズ（Wikimedia Commons）
タイトル　ギョウジャニンニク
https://upload.wikimedia.org/wikipedia/commons/thumb/d/dd/Allium_victorialis%2C_Hokkaido_Japan_K3100010.jpg/250px-Allium_victorialis%2C_Hokkaido_Japan_K3100010.jpg

●百ページ　月刊クォリティ九月号
タイトル　札幌大通公園のライラック

●百九ページ　ウィキメディア・コモンズ（Wikimedia Commons）
タイトル　大樺沢雪渓と北岳
https://upload.wikimedia.org/wikipedia/commons/3/37/Mt.Kitadake_from_Ohkamba-zawa_01.

jpg?uselang=ja

●百十三ページ　ウィキメディア・コモンズ (Wikimedia Commons)
タイトル　キタダケソウ
https://upload.wikimedia.org/wikipedia/commons/thumb/1/19/Callianthemum_hondoence_01.jpg/800px-Callianthemum_hondoence_01.jpg

●百十六ページ　月刊クォリティ 十月号
タイトル　小学校のテスト風景

●百三十四ページ　ウィキメディア・コモンズ (Wikimedia Commons)
タイトル　北岳山荘と北岳
https://upload.wikimedia.org/wikipedia/commons/thumb/7/74/Kitadake-sansou.jpg/800px-Kitadake-sansou.jpg

●百四十五ページ　ウィキメディア・コモンズ (Wikimedia Commons)
タイトル　コスモス
https://upload.wikimedia.org/wikipedia/commons/d/d6/Cosmos01s3200.jpg

悠木龍一（ゆうき　りゅういち）

1952（昭和 27）年埼玉県生まれ。2012（平成 24）年から、趣味の登山経験をもとに日本百名山を背景にした小説を執筆。2015（平成 27）年「燧と至仏」（ひうちとしぶつ）を出版。2017（平成 29）年「リイシリ」で第3回北海道文芸賞佳作を受賞。横浜市在住。

リイシリ

2017年12月18日発行

著　者　悠木龍一

発行所　ブックウェイ

〒670-0933　姫路市平野町62

TEL.079（222）5372　FAX.079（223）3523

http://bookway.jp

印刷所　小野高速印刷株式会社

ISBN978-4-86584-275-3